毕浩宁 著

脚印的年龄

北方联合出版传媒（集团）股份有限公司
春风文艺出版社

图书在版编目（CIP）数据

脚印的年龄 / 毕浩宁著. —沈阳：春风文艺出版社，2020.9（2022.2重印）
ISBN 978-7-5313-5825-1

Ⅰ. ①脚… Ⅱ. ①毕… Ⅲ. ①散文集—中国—当代 Ⅳ. ①I267

中国版本图书馆CIP数据核字（2020）第146154号

北方联合出版传媒（集团）股份有限公司
春风文艺出版社出版发行
http://www.chunfengwenyi.com
沈阳市和平区十一纬路25号　邮编：110003
永清县晔盛亚胶印有限公司印刷

责任编辑：姚宏越	责任校对：曾　璐
助理编辑：余　丹	印刷统筹：刘　成
封面设计：末　末	幅面尺寸：145mm × 210mm
字　　数：100千字	印　　张：4
版　　次：2020年9月第1版	印　　次：2022年2月第2次
书　　号：ISBN 978-7-5313-5825-1	
定　　价：50.00元	

版权专有　侵权必究　举报电话：024-23284391
如有质量问题，请拨打电话：024-23284384

/ 序言

脚印伸向远方

宁珍志

常常看见这样的情景：孩子面对蔚蓝大海，在金色沙滩上留下一串串脚印的童年时刻。朝晖里，阳光下，晚霞中，沙滩叠满孩子脚印的画面美丽无比。潮水来了，海浪来了，沙滩上的脚印渐渐隐去，直至了无痕迹。然后便是一阵阵银铃般的笑声，然后便是一双双脚印的重新排出。如此往复，情趣盎然。

毕浩宁小朋友《脚印的年龄》不会销隐，无论面对怎样的岁月大海，无论面对怎样的时间大海，《脚印的年龄》都不会从童年的沙滩上流逝，都不会从生命的记忆里抹除。因为"脚印的年龄"是文字，是篇章，是情感，是思考，是一个孩子成长的真实记录，是一代人在今天聆听现实的精神足迹，印刷并镌刻在内心经历这本硕大的史册里，任凭风吹日晒，难以褪色。

《脚印的年龄》，作者从六岁的不足五百字的《感受宽容》开始，到15岁千余字的《由24小时书店想到的》结束，全书收录十年间40篇"作文"，只能算作从一个五彩缤纷童年世界里的精致采撷，采撷心灵的闪光片段，采撷思索的单纯时刻，采撷憧憬的修辞情思，采撷优秀的代表篇幅……于是，童年生活的点点滴滴，竟然镜像出那么多美好、和善、希冀、向往，朝读者清澈地涌来。

翻阅《雪花哟》,《听，春天的声音》，自然景物在孩童世界映现出来纯粹和干净，纤尘不染；品读《感受宽容》与《我和小颖的约定》，友爱、礼貌、诚信的萌芽，活脱脱鲜亮无比；揣摩《螃蟹也有绅士风度》和《未来的笔》，风趣、幽默、夸张、幻想的笔触，的确融入了太多幸福感；感受《假如我有一只尼尔斯的鹅》，带有少许的惆怅、怜悯格调，袒露出小作者通篇向善向真的内心主题。

《脚印的年龄》有无尽的爱，在字里行间穿行流淌，感动我们心怀。对父母的爱，对家国的爱，对山水的爱，对植物的爱，对书的爱……由于毕浩宁在拟题、描写、叙述、抒情、议论的精准度上有着和同龄孩子不相称的能力，所以在构思的谋篇布局上，使得自己的文章独具"章法"，显现出一定"力度"，而区别于女孩儿大多的柔软缠绵文字呈现。这样的爱就有理由深沉而不浮泛，炽烈而不短暂。

像《伟大》《爱上国学经典》《为责任着色》《青春需要雕琢》《盛京之盛》等篇，光看题目，就透露出一种坚硬和果敢。像《螃蟹也有绅士风度》《调查中的"小插曲"》《淘气包丫头钻入电子邮件》《提线木偶》等篇，标题入眼，匠心独具，亮人耳目。也许这是课堂作文教学的"程式化"所教授不了的。浩宁以自己眼睛观察，以自己心灵感受。走自己的路，脚印才属于自己，文字才属于自己。

脚印伸向前方，伸向远方，必然有理想信念支撑。在《脚印的年龄》中，我们欣喜看到毕浩宁小朋友的思辨性文章闪烁的哲学火花，这是一代人生命开始走向青春走向成熟的标志。《我欣赏诗句的美景》成为抚慰自己情绪的胜境，《最好莫过于相伴》成为自己与同学同舟共济的珍惜情分，《对梦想和现实的思考》成为激励自己前行的人生坐标，《静听回声》成为自己思念故乡的一脉精神清流……

童年的大海绚丽多姿，生活的大海浩瀚无边。毕浩宁小朋友以"作文"的脚印，书写出自己成长进步的斑斓生活。脚印是符号，表达着时代、年龄、身体的情怀和意义，成为自己的记忆永远挥之不去的靓丽风景。什么时间转身翻阅，都是纯净、透明、良善、唯美的生命定格。

2020年7月5日于沈阳浅风屋

/ 目录

001　**序言**　脚印伸向远方／宁珍志

001　感受宽容

002　爸爸的生日

006　雪花哟

008　听，春天的声音

010　我和小颖的约定

011　螃蟹也有绅士风度

016　龙峰寺之行

018　父与子

020　调查中的"小插曲"

022　感恩母爱

028　我的小书架

030　写妈妈的感谢信

031　六月的核伙沟

036　盆栽四季草莓

038　未来的笔

040　怀念那个除夕夜

042　我和书的故事

044　做道德模范

048　伟大

050　我的自传

054　爱上国学经典

056　假如我有一只尼尔斯的鹅

058　为责任着色

060　青春需要雕琢

062　我欣赏诗句的美景

068　难忘在膝头　责任在心头

070　做正确的事还是正确地做事

072　最好莫过于相伴

076	追逐梦想 无论南北
080	对梦想和现实的思考
084	天空之汐的共鸣
090	总有一些日子值得期待
092	静听回声
094	半中前路，一程行
096	盛京之盛
100	用生命守护使命
103	死生一梦
108	提线木偶
111	由24小时书店想到的
113	**后记** 心声之美／见 慧

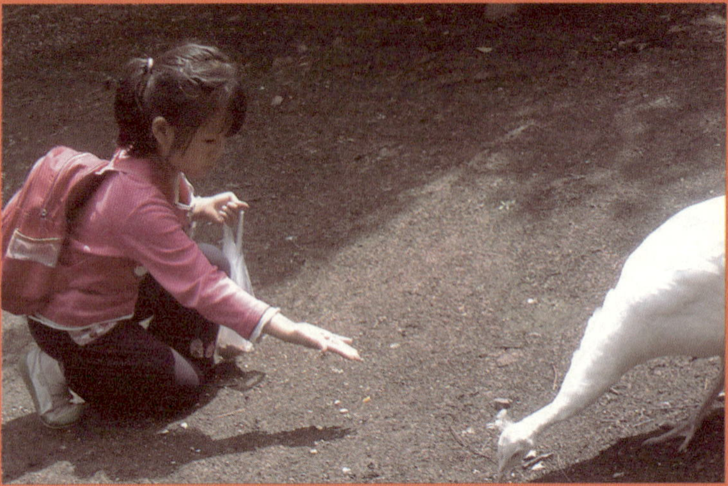

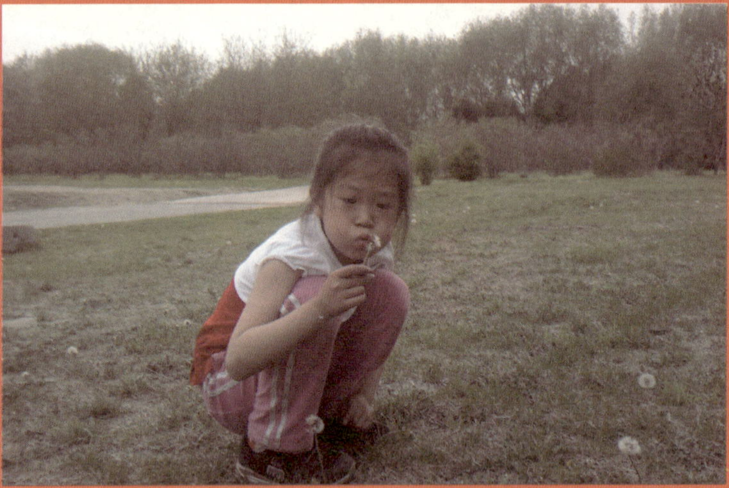

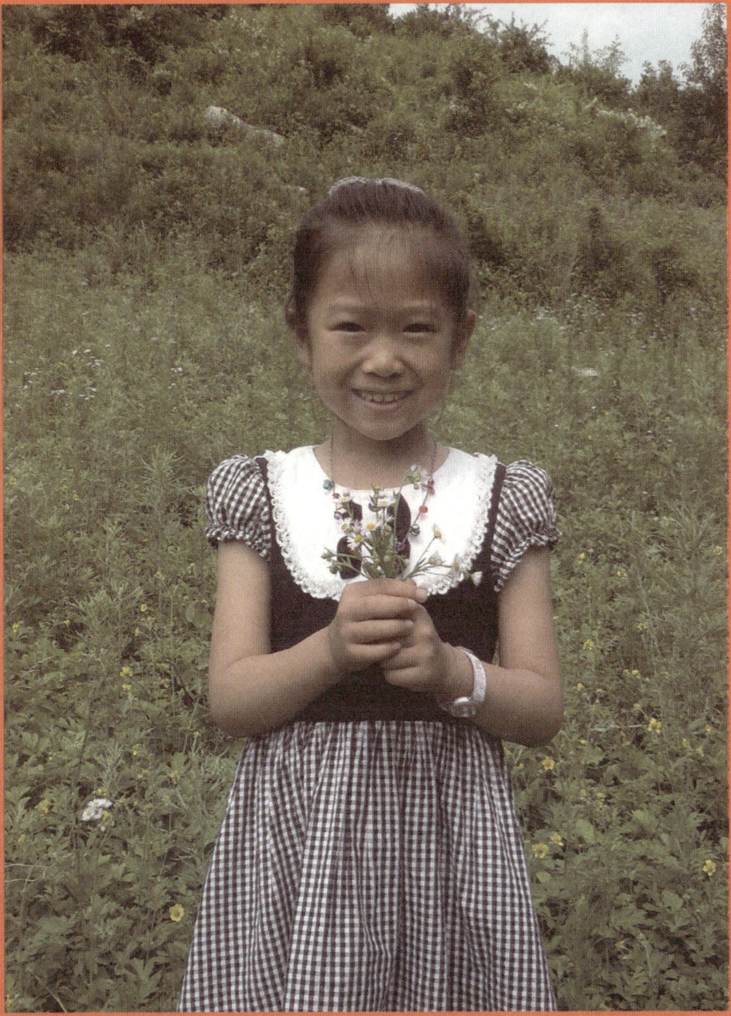

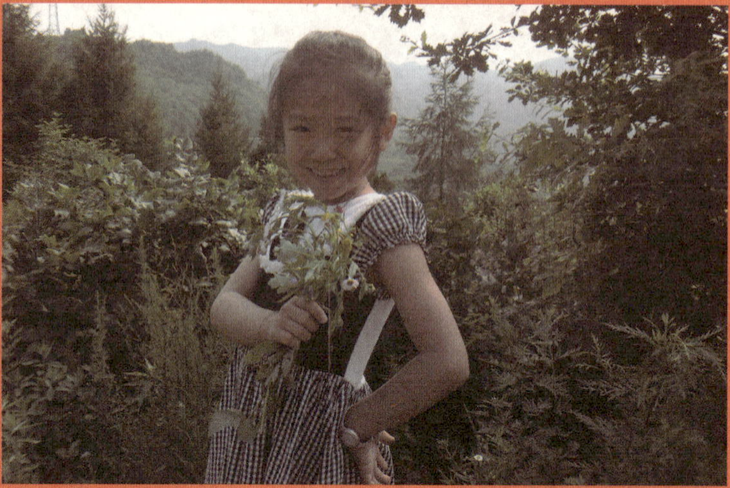

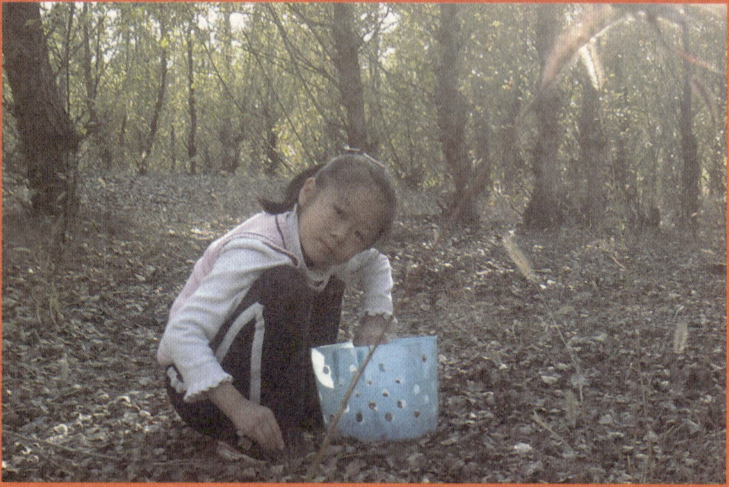

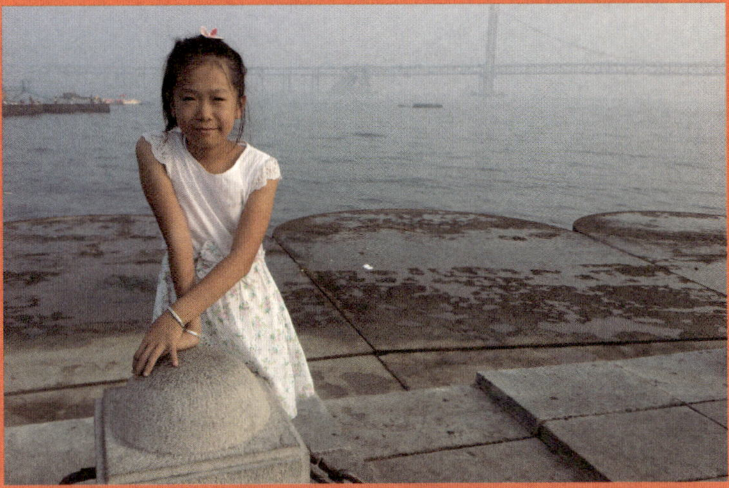

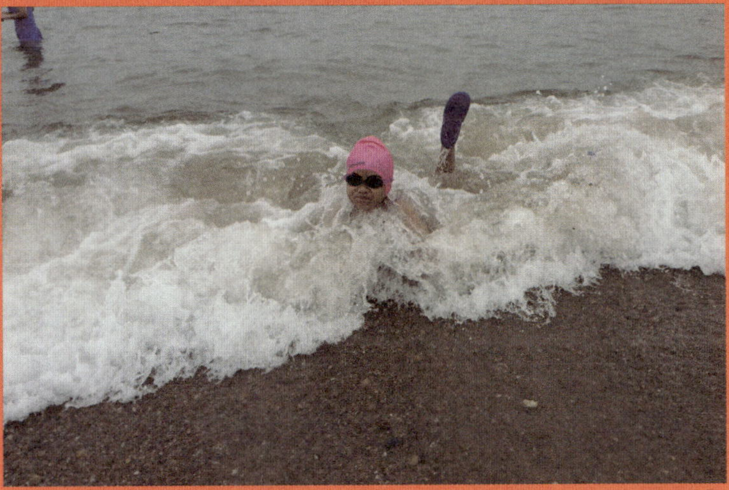

special for You...

感受宽容

她,瘦小的个子,一对机灵而炯炯有神的大眼睛嵌在她白皙的脸上,一头乌黑而不算太短的秀发,两条淡淡的眉毛。她处事认真,乐于助人,说起话来像小绵羊一样温柔。

她,学习良好,上课时,虽然不怎么发言,但是只要是她回答问题,就会回答得一点儿问题也没有。检查作业特别认真,哪怕漏了一个词,写错了一个字,她都能看得一清二楚。

她,非常宽容,同学做错的每一件事,她都能宽容相待。

有一次,她正在答题,用的是水性笔,而她却没带修正带,我想问她一个问题,但她太专注,吓了一跳,手一抖,笔把卷纸给划了一道。我闯祸了,我想她一定会把我说得不像样,于是我连忙道歉:"真对不起,我不是故意的。"谁知,她却笑着对我说:"没事儿,我勾掉就可以了"。

她是一个值得我学习的好榜样。

她到底是谁呢?

她就是我们组的小组长,苏馨。

2011年7月26日,6岁,于沈阳

爸爸的生日

爸爸的生日是在冬天,每年我都帮他记着,因为爸爸工作实在太忙了。生日那天,我总送礼物给他,每次爸爸都欣喜万分,抱起我亲了又亲,夸我是他的好女儿。

可是,今年爸爸的生日那天,他单位有个同事意外地住进了医院,爸爸帮着忙前忙后,电话都没来得及往家打一个。我捧着精心为爸爸准备的一束鲜花,有些失望,眼泪都快流出来了,"爸爸怎么还不回来,一点也不懂女儿的心!"

当爸爸疲倦地回到家时,已经很晚了,我坐在沙发上等着爸爸睡着了。突然额头上的吻惊醒了我,爸爸看见我手捧的鲜花,明白了一切。他激动得热泪盈眶,把我深情地搂入怀中,说:"谢谢你,我的好女儿!"我说:"爸爸,今天是你生日,祝你生日快乐!"

我们相拥在一起,无比幸福!

2011年12月1日,7岁,于沈阳

脚印的年龄

致：亲爱的爸爸：

　　看到这封信，你不妨先看看日历。突然收到这么多礼物，你一定很好奇到底是怎么回事，今天究竟是什么日子。

　　现在，让我来揭晓答案吧。今天是父亲节！在这里，我先对你说一声：父亲节快乐！

　　感谢你陪我走过了快乐的童年，感谢你为我留下了美好的回忆。我爱你，爸爸！

　　还记得以前，是我和你的玩耍填满了我的记忆。未来，当我们回过头来，望望从前、望望过去，我们一定会希望，希望还能回到从前。虽然有时我会不愿意，不珍惜，但我已意识到，美好的回忆有多么重要。爸爸，如果还有时间，我一定会愿意和你一起学、玩耍。我宁愿把我所有的时间都用来和你一起玩！

　　我爱你，爸爸！
　　父亲节快乐！

你的女儿
毕浩宇

亲爱的爸爸：
爸爸节快乐！
我♡你！
↓↓↓
毕浩宁

致爸爸：
千纸鹤祝福你幸福安康，快乐吉祥！

你的女儿
毕浩宁

脚印的年龄

雪花哟

雪，是珍贵的。因为只有冬天才能下雪。

雪，是美丽的。因为它下起来的时候像鹅毛一样，飘飘洒洒。

雪，它在我的眼睛里，一切都是那样的美妙。

雪，对我来说，我可以用它堆一个胖胖的雪人，玩打雪仗，滑雪……

雪花哟！你为啥一点声响也没有啊？是怕惊醒了冬眠的青蛙，还是担心碰落了俊俏的梅花？是谁？剪碎了苍穹的白云？是谁？摇落了天庭的梨花？啊！多好哇！洁白如玉的云屑、花片在轻轻地、轻轻地、无忧无虑地飘洒。

我深信，在这恬静的世界里，洁白的土地定能做一个绿色的梦。

2011年12月9日，7岁，于沈阳

脚印的年龄

听，春天的声音

你听过春天的声音吗？"沙沙沙……"当微风吹过树梢；"咔嚓咔嚓……"当河面上的冰块慢慢裂开；"啪嗒啪嗒……"当小雨点儿打在窗户上；"叮咚叮咚……"当小溪击打岸边；"哗哗哗……"当流水欢快地奔跑。这就是春天的声音。有人会想："这些都是想象，我怎么没听出来呢？"那我们再说得细一些吧。

仔细听一听，"喳喳，叽叽叽……"小麻雀在欢快地唱着歌；"汪汪汪……"小狗一边叫一边开心地摇着小尾巴；"喵喵……"小猫开心地蹦来蹦去；"呷呷呷……"小鸭子一摇一摆地走来走去。当然，不止这些，还有我们。

在春天里，我们欢乐，我们欢笑；我们歌唱，我们交流。"哈哈，嘻嘻……""啦啦啦，啦啦啦……"这些就是我们的声音。春天的声音很多很多，只要你用心听，一定就会听到春天的声音。

2012 年 4 月 6 日，7 岁，于沈阳

我和小颖的约定

"遵守诺言就像保守你的名誉一样。"这句话我铭记在心,这一次,也不例外。

星期天,我和小颖打算一起去看展览。我高兴极了,打扮得漂漂亮亮的才走出家门。天空好像和我一样开心,阳光明媚,万里无云。走了一会儿,天突然变了脸,乌云密布,雷声滚滚。哎呀,要下雨了,转身,快快回家。刚想转身,我忽地想起了那句话。对,要遵守诺言啊。我调转方向继续向目的地——车站走去。瓢泼大雨下起来了,我被浇成了"落汤鸡"。但我仍坚定信念,我相信,我能够见到小颖的,她一定也会等我。

忽然,脚下一滑,跌倒在地。真疼呀!我揉了揉膝盖,擦破了皮,仍然一步一步地向前走去。就当我近乎绝望的时候……

车站下,我看见小颖正在等待着我,我朝她飞奔过去,她也是"落汤鸡"!我们永远是最好的朋友!

这件事情我至今仍记忆犹新,它告诉我一个很重要的道理。那就是,做一个诚信的人,是多么重要啊!

2012年6月6日,7岁,于沈阳

螃蟹也有绅士风度

2012年9月5日,星期三。爸爸给我买回了一袋子的螃蟹。

螃蟹的壳硬邦邦的,两个钳子又大又硬。有一次,我想逗逗它,它却以为我要伤害它,用两个大钳子来夹我,当时,疼得我哇哇大哭。螃蟹的确很危险。

不过,我还是很喜欢它的。因为它爬起来的样子很好笑,竟是横着爬!而且爬得很快,所以,我总和它比"赛跑",看谁跑得快。但每次都是我赢。跑完后,它总会发出"咕咕"的声音,好像在说:"您赢了!"

你看,螃蟹也有些绅士风度呢!

2012年9月5日,7岁,于沈阳

脚印的年龄

011

012

脚印的年龄

014

脚印的年龄

015

龙峰寺之行

国庆放假期间,我和爸爸去了龙峰寺。

龙峰寺很美。它是依山傍水建成的,周围有许多野花、枫叶和昆虫,还有潺潺流水,使人陶醉在大自然的怀抱中。远远望去,一座座建筑井然有序地屹立在山上,风格各异。最高点是一座白塔,十分引人瞩目。山脚下,是一座架在水上的白石桥。水的蓝和桥的白,简约的风格给人一种发自内心的美感。往上爬,我们先看到了大雄宝殿,那是龙峰寺最大的殿堂了。琉璃瓦做成的金碧辉煌的神殿,让人感觉非常神圣。再向上走,就是天王殿了。天王殿里的佛像面目狰狞,十分凶恶。继续走上去,是菩萨、药师、旺财殿,我在所有殿里都许下愿望,希望能实现。

到了最顶上,就是那座白塔。白塔由两只鳌镇守着,白塔顶部围着一圈风铃,风一吹就能发出清脆悦耳的声音,是个登高望远的好地方。我在龙峰寺里虔诚地许下心愿,若是你不真诚,佛自然也不会帮你实现愿望。抛开私心杂念,发自内心地许愿,佛才能听到你的心声。我们做任何事情,都要怀一颗虔诚的心,宽容、无私、努力,才能成功!

2012 年 10 月 10 日,8 岁,于沈阳

脚印的年龄

父与子

放假的第一天早上,小诺德还在睡觉。因为放假了,可以好好地睡个懒觉了!自己考了个100分,还在做这梦哩。爸爸走进小诺德的房间,本想叫醒小诺德,但一想现在是放假期间,好不容易才能休息几个月,嘴角还带着一丝微笑,做着甜滋滋的梦,唉,还是不叫我儿子醒了吧。于是,小诺德的爸爸叫来了管家,小声地说:"我要给儿子一个惊喜,你去准备一下。"两人蹑手蹑脚地走进小诺德的房间,把床抬到车上,用绳子固定住。

一路上,所有人都用惊奇的目光看着正睡觉的小诺德。还有这奇怪的想法。有的人认为小诺德生病了,还有的人认为要搬家……很多奇思妙想。

小诺德的爸爸等了好久,终于,小诺德醒了。他惊讶地看着四周的一切,感觉自己好像还在梦里。"爸爸……"小诺德问。爸爸在旁边嘿嘿一笑,自言自语道:"唉,儿子还是不懂老爸的心思啊!"

2012年11月9日8岁于沈阳

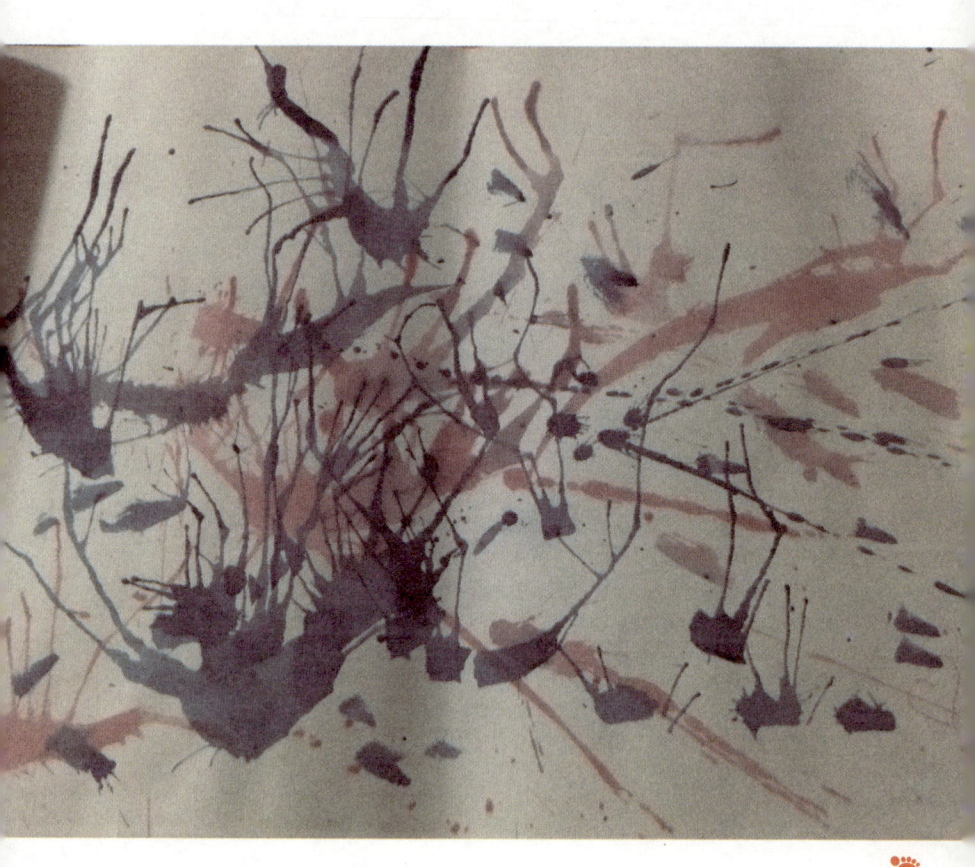

脚印的年龄

调查中的"小插曲"

　　语言，人们用来抒情达意；文字，人们用来记言记事。文字，对人们来说，是十分重要的。可有时人们会将文字用错。所以，我的任务便是纠正这些错别字。

　　有一天，我和妈妈去买菜。我一下就发现纸板上鸡蛋的"蛋"字写成元旦的"旦"。我便对开店的阿姨说："阿姨，你外面纸板上鸡蛋的'蛋'字写错了，能不能把它改过来？"阿姨听后，爽快地拿出笔，把错字改正了，我的心里比吃了蜜还要甜。

　　可并不是所有的人都会听从我的建议。那天，我和爸爸骑着自行车遛弯，我忽然看到有一家卖芸豆的地摊，我发现，芸豆的"芸"字没加草字头。有了上次的成功，我觉得这回也一定能行。我兴高采烈地跑过去跟摊主说："叔叔，芸豆的'芸'字应该有草字头，能不能改过来呀？"可摊主却很生气，说："去去去，你个小孩子懂什么！"说着，把我哄走了。

　　我们应该在生活中合理、正确地使用文字，为我们的家乡增添一份光彩！

2012年11月17日，8岁，于沈阳

脚印的年龄

感恩母爱

我有一位对我无微不至的好妈妈。

她总是在我难过时安慰我,在我失败时鼓励我,在我遇到困难时帮助我。尤其是这件事,让我印象深刻。

在我很小的时候,有一天晚上,我突然发高烧,非常难受。妈妈急哭了,把家里装药的抽屉翻了个遍,也没有找到对症的药。那是一个寒冷的冬天,爸爸又不在家,怎么办?妈妈麻利地把我裹在毛毯里,披了件外套就跑了出去,结果脚上穿的是竟是拖鞋……一路上,不停地催出租车司机:"快点,师傅,快点呀!"

焦急的妈妈见我蔫蔫的样子,小脸烧得通红,心都要碎了……她握着我的手,说:"马上就到医院了,马上就到了!"到了医院,医生给我用了一些药,进行了有效的医治,直到我有些好转,妈妈的心才平静下来。

还有一次,我参加少儿班的第二轮考试,我很努力,很认真,尽自己全力答了卷子,可当大榜公布时,竟没有我的名字。我很伤心。而妈妈却没有责怪我,用她那柔和的声音告诉我,没关系,就是一次锻炼,不必太在意,从学习中找差距,下次再接再厉。听到妈妈的理解和鼓励,我心里感觉十分温暖。

母亲的这种情感是最可贵的,我们应该去体会,去珍惜,并把这种爱回报给她。我感恩这种爱,因为它最无私;我感恩这种爱,因为它最厚重;我感恩这种爱,因为它最伟大!

2013 年 2 月 27 日,8 岁,于沈阳

致亲爱的妈妈:

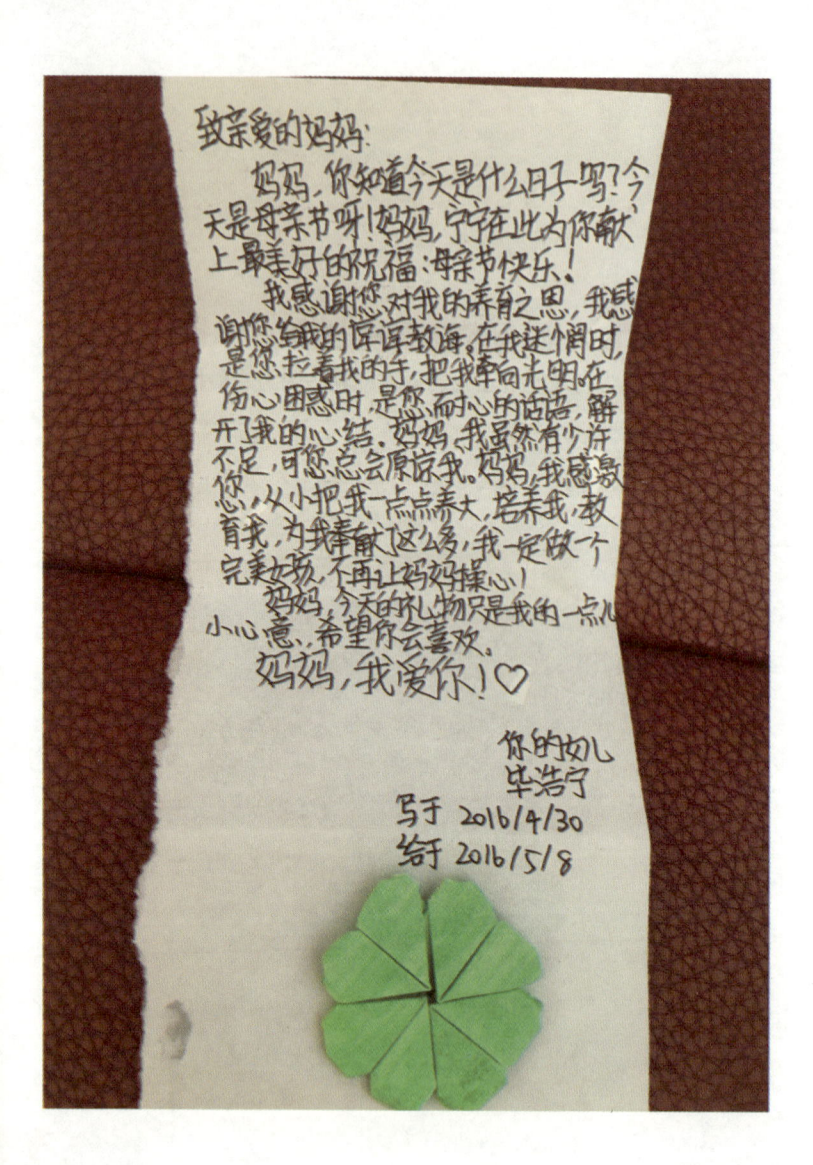

　　妈妈,你知道今天是什么日子吗?今天是母亲节呀!妈妈,宁宁在此为你献上最美好的祝福:母亲节快乐!

　　我感谢您对我的养育之恩,我感谢您给我的谆谆教诲,在我迷惘时,是您拉着我的手,把我牵向光明,在伤心困惑时,是您耐心的话语,解开我的心结。妈妈,我虽然有许许不足,可您总会原谅我。妈妈,我感激您,从小把我一点点养大,培养我,教育我,为我奉献这么多,我一定做个完美女孩,不再让妈妈操心!

　　妈妈,今天的礼物只是我的一点儿小心意,希望你会喜欢。

　　妈妈,我爱你!♡

你的女儿
毕浩宁
写于 2016/4/30
给于 2016/5/8

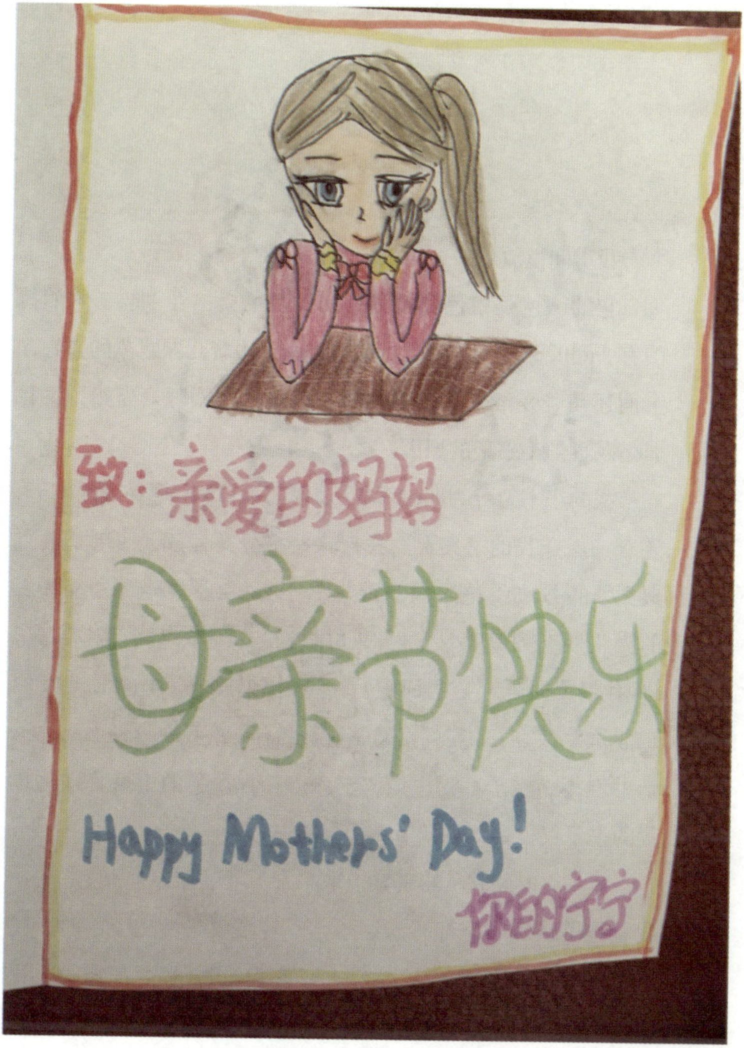
致：亲爱的妈妈
母亲节快乐
Happy Mothers' Day!
你的宁宁

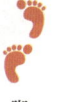

我的小书架

我房间里放着一个小书架。

它的颜色是白色和粉色相间的和书桌连在一起,它的拉门有一圈闪闪发光的灰框,拉门上还点缀着几颗银色的爱心,上面还贴着爱洛公主的粘贴和一只玩具小熊呢。当然,这并非是我喜爱小书架的原因。

我的小书架分为四层:两层在我的头顶,一层在我的脚下,还有一层在我的书桌上。我把这些书分类存放,一层是放古典文学的书,如《论语》《道德经》……一层是放英语书,如《海的女儿》《安徒生童话》……一层是放工具书,如《新华字典》《现代汉英词典》《成语词典》……一层是放数学类的书,如《幻想数学大战》……我的书数不胜数,有一次我在整理书籍时,把书堆得满屋子都是,像"书海"一样,我的书可真多啊!我的书不仅很多,还带给我很多知识。

我一有时间就从小书架上取来书,津津有味地品读起来,我看得可认真了,都看入迷了,一转眼就是两三个小时,我不仅书看得认真,还从中吸取了许多知识,那可都功归于我的小书架了!

是小书架上的书让我明确了字的读音,词的意思;是小书架上的书让我了解了许多奇异的自然现象,使我大开眼界;是小书架上的书教给我许多做人做事的道理;是小书架上的书让我对数学产生了深厚的兴趣……

　　我喜欢我的小书架，也感谢我的小书架，更感谢我的爸爸妈妈，给我买这么多丰富多彩的书，使我的生活变得无比充实，让我在知识的海洋里自由自在地遨游，给我增添了无穷的力量。

2013 年 3 月 30 日，8 岁，于沈阳

写妈妈的感谢信

亲爱的妈妈：

您好！

感谢您给予我这正确的选择，您的操劳，一定不会是沙漠。我将是您正一手撰写着的精彩著作。面对您深深的爱，面对您殷切的情，我真该去体味、去感恩。我知道，您的皱纹深了，那是您把美丽的青春给了我；您的手粗了，那是您把温暖的阳光给了我；您的腰弯了，那是您把挺拔的脊梁给了我。妈妈，您辛苦了！

您还记得那次吗？我到草丛里去玩，没想到草丛里有喷水头，好锐利，我不慎把腿划了一道口子，很深的口子，满腿都是血，您见了，立刻把我抱起来，送到医务室。整个手术过程，您都在陪着我，手术做完了，您还把我送回了家。晚上睡觉，由于我不敢翻身，为此您整个晚上都没睡好。您的心血一定会在明天，结果饱满的硕果。相信我，我是你的好女儿。

祝您天天开心，心想事成，工作顺利。

您的女儿：毕浩宁

2013 年 5 月 3 日，8 岁，于沈阳

六月的核伙沟

去年夏天,我去了这风景迷人的核伙沟。那里环境优美,花红柳绿,气候宜人,让人留恋忘返。

进入核伙沟,你立刻就被深深地吸引了。那时正是六月,一个多姿多彩、繁花似锦的月份,骄阳似火,大地葱绿,而最有生命力的,便是这六月的花朵。樱桃花开了,紫丁香开了,携来雨露,吐露芬芳。引来蝴蝶和小蜜蜂。花的世界真的太美了!美得小红帽醉了,白雪公主醉了,小鸟醉了,小猴儿也醉了……

再往里走,便是大片的绿树成荫了,再加上周边的潺潺小溪叮咚作响,显得格外幽静。更令人兴奋的是,那美丽的蝴蝶会一直围着你翩翩起舞。蝴蝶可真是各式各样:有的穿着一条白色的连衣裙,有的披着一件暗红的风衣,有的穿着一件棕色的夹克衫,有的还穿着一件燕尾服……真是千姿百态,数不胜数!

走进核伙沟的最深处,便能看见那美丽的密林幽谷,便能听见一声声杜鹃的啼鸣:"布谷,布谷!",这样的树木围绕着这样的流水,这样的流水衬托着这样的繁花,让你感觉像是走进了连绵不断的画卷中……

啊,我爱核伙沟!

2013年6月11日,8岁,于沈阳

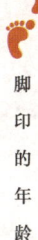

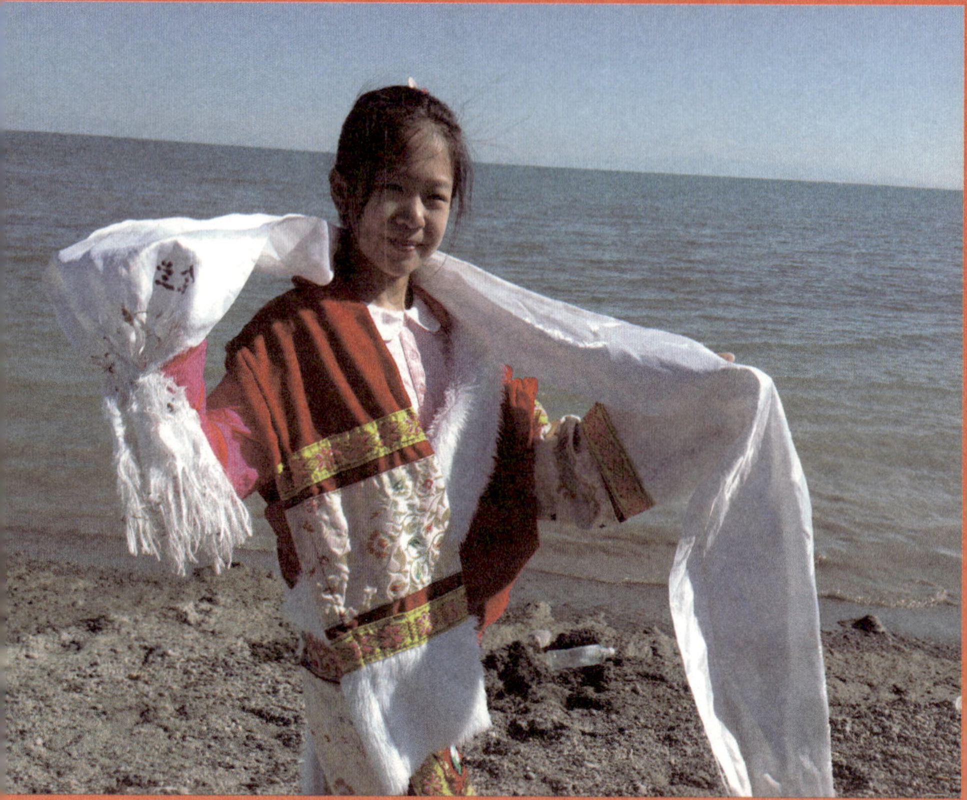

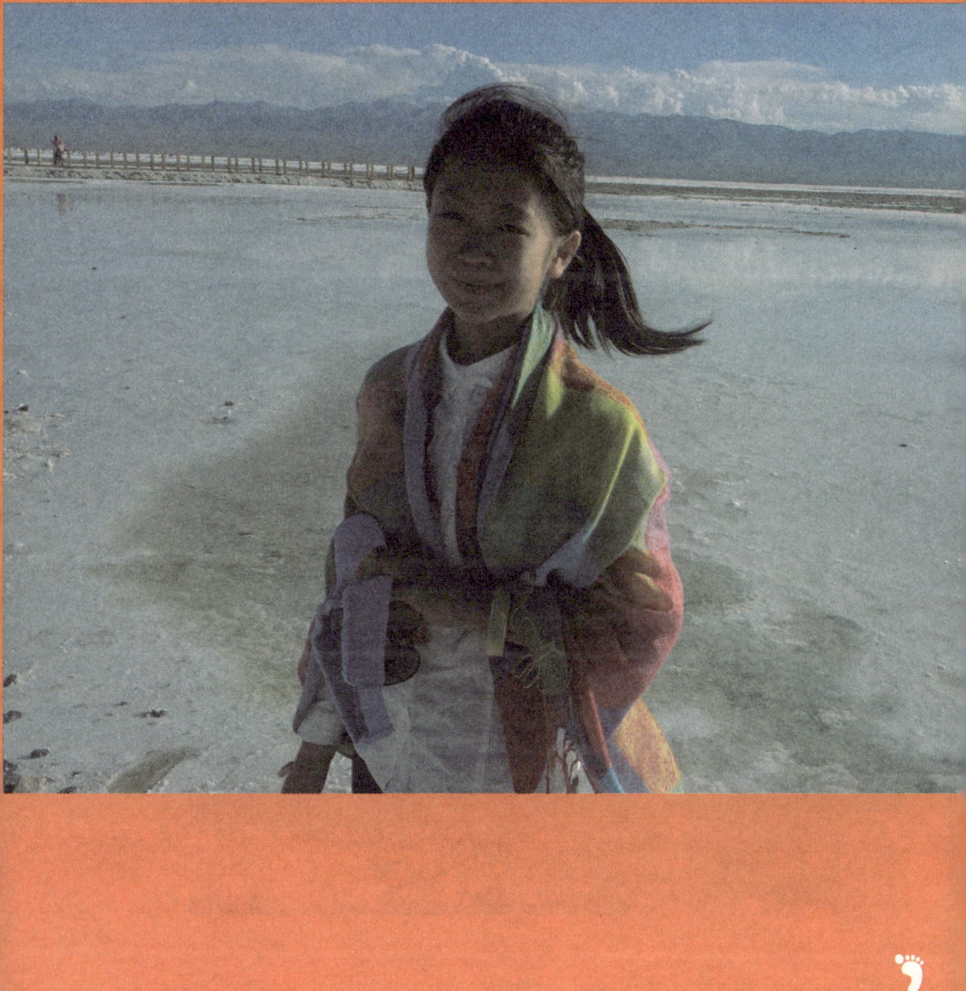

032

脚印的年龄

盆栽四季草莓

我种过许多植物。小番茄、南瓜、黄瓜……都会给我留下深深的印象。但在这些植物里,为我留下了最深印象的,却是四季草莓。

四季草莓的叶子每枝有三片。叶子周围还有锯齿儿。一片叶子长约 5 厘米,宽约 1 寸长。每枝叶子高约 1 分米。刚开始它开白色的花,黄色的花蕊,正在绽开它可爱的笑脸。还有的是含苞待放的花蕾,好像不敢露出自己美丽的、白皙的笑脸。

它给我感觉它像很胆小,唯唯诺诺的,好像一出来就脸红。叶子上的叶脉有的细有的粗,好像镶上去的一样。叶子上还有细毛,毛茸茸的,软软的,细细的,小小的。有时它长得又粗又大,感觉刺刺的;有的又细又小,摸起来软软的,根本没有丝毫痛的感觉。茎也有粗细之分,有的细,有的粗。茎周围也有细毛,一摸它挺疼的。茎有的是笔直的,有的是弯曲的。

它还会结果子呢。结的草莓,有时大得有手指盖儿那么大,有时小得比蚂蚁还小。草莓尝起来又酸又甜,真好吃!四季草莓要在阳光、水都充足,土壤也湿润的条件下才能生活。因此,为了它健康地生长,我以阳光的照射方向移动花盆,泥土有一点干燥就给它浇水,有时为了它呼吸新鲜空气,我还会打开窗户为它透透气呢。

四季草莓现在健康生活着,我很开心。为了它以后健康生活下去,我准备要仔细观察,把它培育得更好,与我快乐地度过每一天!

2013 年 7 月 2 日,8 岁,于沈阳

未来的笔

在我们的文具盒里，装满了各种文具：圆珠笔、尺子、修正带……一一展现在眼前。但是，使用的时候很麻烦，还得东找一下，西找一下。于是，我想发明一支这样的笔，叫做"万能笔"。

它是棕色的，上面有四个按钮，有着不同的颜色和功能：黄色按钮有着一种与你心灵相通的功能，按一下它，它就会变成你想要的笔；蓝色按钮周围装有各种三角尺和直尺，你想用尺子，按一下蓝色按钮，"问题"便迎刃而解了；粉色按钮有着修改的作用，当你写错字了，按一下粉色按钮，在错字上扫一下，错字就不见了；白色按钮有着扩大和缩小的功能，按一下，笔会变得像糖果一样大，可以揣在口袋里，再按一下，笔又会变回原来的大小。而且，这支笔还装有语音功能，当你写字太低了，或写字时间过长，它会用妈妈般的温柔的声音提示你做到"三个一"：坐直一点、抬高一点、休息一下……这样一来，这支笔便可以代替文具盒了。

我相信，在不久，科技将越来越发达，我们一定会发明出这种未来的笔。

2013 年 9 月 28 日，8 岁，于沈阳

脚印的年龄

037

怀念那个除夕夜

除夕,一个辞旧迎新的时刻。那天,我过了一个非常有意义的除夕夜。

晚上五点钟左右,我就开始急得站不稳脚了。我忙前忙后,将"节日会场"——姥姥家布置得漂漂亮亮的。忙完后,我便开始一边吃糖果、坚果,一边看电视。不知看了多久,姥姥说让我去帮忙和面。我一听,一蹦三尺高,飞奔到厨房。和面时手上黏黏的,但和完面后看到一个白白的、软软的面团呈现在我面前时,我不由得心里美滋滋的,这是我自己的劳动成果,我的努力没有白费呀!和面后还有一个过程叫"醒面",需要等上半小时。于是我回到房间里,趴在窗台上看着外面的景色。所有人家都是灯火辉煌,家家户户的窗户上都贴着"福"字,一派热热闹闹、红红火火的气氛。我正看得入迷,不知是谁在楼下点燃了鞭炮,噼里啪啦、震耳欲聋的声响持续了很久很久……

半小时过去了,我加入了包饺子的"队伍",主要成员有姥姥、二姨和我。我不怎么会包饺子,多亏心灵手巧的二姨把我教会了,不然的话,我包的每一个饺子都细长细长的,好像"长白山"一样了。我们都在飞快地包,希望能在央视春晚开始前包完饺子。时间跑得飞快,我也在飞快地包,我在跟时间赛跑。我心里非常着急,一边包饺子,一边随便问一句:"现在几点了?"大家都说不知道。我自己一看,天哪!八点了,春晚开始了!我赶忙将电视换了台,端坐在电视面前包饺子。当我都快被累晕的时候,饺子终于包完了。可我还是不甘心、不示弱,要尝试一下亲自"下饺子"。我看着一个个饺子进了锅,就像一只只白色的小鸭子争先恐后地跳进水里,心里别提有多开心啦!

  剩下的"工作"就交给二姨来做。我狼狈不堪地看着春晚,眼皮不停地在"打架"。不久,年夜饭做好了。饥不择食的我,第一个跑到饭桌前,大口大口地吃着饭。当十一点半左右时,我已经快睡着了,但我执意要等到十二点时给大家拜个年。当只剩下五秒钟时,我知道新的一年即将到来,一个新的起点,新的开始,新的气象即将伴随着我们的钟声一同到来!五、四、三、二、一,新的一年——2014年到来了!我先给大家拜了个年,说了祝福的话,然后就躺到床上,进入了甜美的梦乡……

  今年的除夕夜,令我永久回味,终生难忘!

2014年2月8日,9岁,于沈阳

我和书的故事

书,在山重水复之际,它带给我们的是柳暗花明,在人生低谷之时,它带给我们的是力量;在沉思封闭之刻,它带给我们的是打开心灵大门的钥匙!书,对我们来说,是非常重要的。而我和书之间,也曾有过一个故事。

有一天晚上,已经很晚了,但我还在津津有味地看着《骆驼祥子》。妈妈说:"快睡,我要关灯了。"我说:"等等,马上就好。"不知过了多久,灯"吧嗒"一声灭了,我只好摸黑上了床,却怎么也睡不着,脑子里全都是刚才看过的故事的情节。我下了床,把灯打开。

"明天还上不上学了?"妈妈突然大喝一声,吓得我一哆嗦。我连忙把灯关掉,老老实实地躺在床上。过了好长时间,我心里闪过一个念头——我可以用手电筒看呀!我悄悄摸下床,在抽屉翻到了手电筒。我欣喜若狂,终于可以看书了!开始我十分谨慎,怕露出我来被妈妈发现,可随着思绪的转移,便完全放松了警惕。

突然,被子被人揭开了。我抬头一看,是妈妈!吓得我惊慌失措。可她这次并没有生气,而是慈爱又关切地说:"天快亮了,你睡一会儿吧。怎么这么爱看书呀!其实妈妈也喜欢你多看书呢!哎……"啊,可不是嘛,夜晚的黑色像潮水一般退去，我上了床，安然入睡……

　　这件事我现在仍记忆犹新，看书也是我生活必不可少的一部分，看书的过程便是我和书心灵彼此交融的时刻。我爱书，书也爱我……

2014 年 4 月 15 日，9 岁，于沈阳

做道德模范

大家好！

我是四年四班的毕浩宁。在今天的道德讲堂上，我要介绍的是我是如何从身边的点滴小事做起，做一个有道德的模范。我深知，能成为大队部中的一员，是一种荣誉，更是一种责任。卡耐基曾说："不要怕推销自己，只要你认为自己有才华，你就应该认为自己有资格担任这个职务"。我性格开朗活泼，待人热情大方，学校和班上组织的各项活动，我都积极参与，所以我的家长，老师和同学们都很喜欢我，也很支持我，信任我！我有良好的思想品质，优异的学习成绩，全面发展的综合素质，使我成为同学中的佼佼者。老师给我的评价是多才多艺、为人诚实、组织能力强；同学们给我的评价是关心集体、举止大方、乐于助人；我给自己的评价是：充满自信，喜欢挑战，乐于奉献。下面我就从身边的小事说起，说说我是如何做一个有道德的好学生的吧！

我在学习上扎扎实实、一丝不苟，爱钻研，能够虚心请教，不耻下问。从入学到现在我作业工整、能及时完成，成绩优异，成为同学们的好榜样。我喜欢阅读，尤其对经典文化十分热爱，情有独钟。我较早便广泛阅读了历史类、传记类、名著类和其他多种题材的作品，有效拓展了知识面，并注重学有所用和学习创新，勇于实践，不断进行写作锻炼。我的爱好很广泛。

我爱看书，课外知识比较丰富；我爱运动，跳绳、游泳和打羽毛球都是我最喜欢的运动；我还练习弹琴，感受音乐的魅力。我还学习表演，多次在比赛中获奖。今年暑假时，参加了在包头举行的"中国青少年宫文化艺术节"活动，我荣获了金奖。我连年被评为"校优秀学生"。在沈阳市作文比赛获得一等奖、英语比赛多次获得一等、二等奖。绘画比赛获得二等奖。

有人说，金子是最纯美的，但比金子更美的是人的心灵。我有一颗洁白无暇、善良真诚的心。我在我家楼里是出了名的"礼貌小明星"。每次见到叔叔阿姨，我都会主动问好，很热情地帮助他们按电梯钮，或是开门等候他们，还常常帮助拿很多东西的阿姨拿东西，减轻她们的负担，他们总是夸我是个好孩子，问我在哪个学校读书？我都会骄傲地告诉他们，我在文艺二校读书！我能与邻居和睦相处，对待邻居，我文明礼貌，为人友善，深得邻居叔叔阿姨的喜爱。在学校里，对于有困难同学，我总是乐于伸出援助的小手，助人为乐，真诚奉献。有同学上课忘了带学习用具，我总是豪爽的拿出自己心爱的文具借给他们，有同学不会的问题，我总是热情耐心的帮其解决，从不计较个人得失。有的同学饿了，我常常会把自己的东西给他们吃，我还积极参与学校号召的为失学儿童或贫困儿童捐款，捐给了希望工程；与偏远山村小学儿童手拉手，捐书籍给偏远落后山村的学生。在家里，我把妈妈奖励给我的钱和铜板都攒起来，还把自己穿小的漂亮的衣服都整理好，捐给地震灾区的小朋友。

在家里，我孝敬父母。妈妈天天做家务，手都粗了，身体也变得不好了，我格外心疼她。妈妈的脖子疼，我会帮她做按摩,妈妈说,我的小手一按,她就哪都不疼了,我可开心了!我自己洗袜子,也帮妈妈洗袜子,每次妈妈都很感动,摸着我的头,夸我是她的好女儿。每年的父亲节、母亲节,妈妈、爸爸的生日,我都会送给他们自己亲手做的卡片,每次爸爸是看了又看,赞不绝口。妈妈总是爱不释手,然后把我做的卡片收好,留给我将来看……

我懂得节约。勤俭节约是我们中华民族的好传统,我一直深记心中。每次见到学校的水龙头在流水,我就会主动去关;在家里,每次洗脸、刷牙,我都不常流水,妈妈有时洗漱时嫌麻烦,不关水龙头,我就去帮她关上;家里的电灯,不用时,我会及时关上,节约能源。每次妈妈给我买新衣服回来,我都说:"妈妈,我有衣服呢,不用买,太浪费了!"我也从不乱花钱,我会把我的零花钱攒起来,一分一分地攒,一元一元地攒,捐给贫穷的小朋友,希望他们跟我一样,生活在幸福里!

<u>2014 年 4 月 26 日 9 岁于沈阳</u>

脚印的年龄

觉得爸爸好伟大

我的爸爸非常有才干,有智慧,懂得教育孩子的方法,总是在生活中的小事上告诉我一些人生的道理,特别是这次让我至今记忆犹新。

记得那天晚上,亲戚送来了两只野鸡,我高兴坏了,希望妈妈立刻把它做成一道美菜。可爸爸却建议我说:"你考虑一下,是把它们吃到肚子里,还是把它们放了?"我大声反驳道:"为什么要放掉?"我大声问道,声音里充满了气愤和沮丧。"因为他们也是生命,它们属于大自然,我们吃一顿虽然很好,但它们却失去了生命,我觉得它们好可怜啊。你再考虑考虑呗。"爸爸平静地说。

爸爸把装着野鸡的编织袋儿拿给我看。那野鸡在袋子里面拼命挣扎,把袋子啄出一个个窟窿。我不由得有点儿心软了。呀,它们在袋子里憋的好难受呀!它们多么渴望自由呀!恩,还是爸爸说的对!于是,我决定将野鸡放飞。

我们驱车来到郊外浑河边的树林里。停下车,我亲手把两只小野鸡从袋子里放出来。它却站在那里不走,好奇地望着我。我用手赶它,可它怎么也不走,我心里很难受,伤心极了……很舍不得这么可爱的小野鸡!不一会儿,它们开始走了,走的时候一步一回头。走着走着,突然,它们扑扑翅膀起飞了,飞入树木深处不见了。我跳起脚,努力寻找它们的踪影,眼里含着泪水。

见此情景,爸爸轻轻拍了拍我的肩膀,露出一个欣慰地笑容"孩子,你做出了正确的决定!"

啊,我崇拜你,我伟大、智慧的爸爸!

2014 年 9 月 20 日,10 岁于沈阳

我的自传

　　我，是一个活泼乐观、充满理想的女孩。我聪明可爱，别人都很羡慕我。渐渐地，我长大了，成为一个落落大方、品学兼优的女孩。

　　我有时脾气很大，做事不考虑后果。做完事后，又觉得很懊悔。在我上幼儿园时，有一天我生气了，便把我的娃娃的裙子剪碎，头发弄成鸡窝一般，红红的嘴唇使劲涂上深蓝色。那是爸爸特意为我买的。搞完破坏后，我非常后悔，但也无法补救，只好在床上暗暗地哭泣……

　　我还是个有毅力、热爱劳动的孩子。在我二年级的夏天，太阳炽烤着大地，爸爸带我去挖土豆。我挖得满头大汗，手上全是泥，指甲抠得生疼，可我还在不停地挖，足足挖了两篮子。看着满满的两篮子土豆，心里特别有成就感。那家叔叔阿姨都夸我爱劳动，不怕累，将来一定错不了！

　　记得四年级下学期期末考试前两天时，宁老师打算印最后一套卷，让我们练练题型。在班级当着全班同学，问："哪位同学能让家长帮助复印一下这套卷纸？"教室里顿时鸦雀无声，班里竟然没有一个人举手。宁老师十分着急，又十分尴尬，而我，把手悄悄举了起来。宁老师把卷纸递给我，眼里充满了感激。这么小的一件事，宁老师竟然在期末家长会上重点讲给家长听！老师的眼睛能随时发现我们身上的闪光点，我太开心了！要成为一个全面发展的好学生，也要从点滴小事做起。想人所想，急人所急，设身处地地为他人着想，不计较个人得失，心胸宽阔，豁达大气，才能一步一步走向成功……

随着年龄的增长，我懂得了许多道理，也起来越成熟了。我相信，通过我的不断努力，我一定会离成功越来越近！

2014年10月19日，10岁，于沈阳

050

脚印的年龄

051

爱上国学经典

子曰："三人行必有我师焉"。当我读到这句话时，百思不得其解。于是问爸爸。爸爸告诉我，这句话包含了两个方面的意思：一是任何一个人，都有自己的优点，都有值得别人学习的地方，三个人当中必然有一个人的长处值得我们学习，可以做我的老师；二是孔子很谦虚，表明他善于学习、乐于学习和擅长发现别人优点的态度。经爸爸的指点，我豁然开朗，没想到这里的学问这么大，更激发了我学习《论语》的兴趣。

爸爸常跟我讲的一句话就是：兴趣是最好的老师，坚持就会得到最大的收获。现在想想，特别是回想起学习经典的那些日子，我觉得越来越有道理。

时间过得像流水一样快，转眼间，我从呱呱落地的婴孩成长为一名三年级的小学生。我知道，做任何事情都要从头开始，学经典也是一样，那么，我就从我小时候讲讲我是如何学习经典的吧……

听妈妈说，在妈妈肚子里的时候，我就一直在听《论语》《老子》，爸爸妈妈每天都给我读几十遍甚至上百遍，我还没出生，书早就破得不像样子了。妈妈说，熟读《论语》和《老子》是我胎教的主要内容。

我一天天长大，对经典的学习却从未间断。当我两三岁时，虽然还不识字，但只要爸爸妈妈随便从《论语》中挑一句话，我就能接出后面的内容来，有时几乎是全章的内容，爸爸妈妈吃惊不已，夸我是个"小天才"！从我有记忆起，我就对国学经典充满了喜爱之情。渐渐地，我犯起了愁，家里的经典书都读完了，会背了……善解人意的爸爸发现了我的苦恼，又帮我买了好多经典书：《大学》《中庸》《诗经》……我真是开心不已，非常感谢爸爸。平时读经典时，遇到不懂的问题，我就问爸爸，爸爸总是耐心地讲给我听，他遇到读不懂的地方，就查资料，这样下来，我明白了许许多多为人处事的道理，真是终身受益啊！

而现在的我，《三字经》《弟子规》《千字文》《老子》都能熟背下来，为了参加山东的《论语》大赛，我正做着积极的准备，有信心拿个好名次，为发扬祖国的经典文化做点有益的事情。

正因为读经典，学经典，所以我记忆力超好，内在潜能得到了开发，平时学习功课很轻松，成绩一直都很棒；正因为读经典，学经典，我感觉自己在改变，变得知书达理，善良聪明，性格得到了完善；正因为读经典，学经典，我觉得我变得更乐观坚定，胸怀也宽阔了许多，对未来自我发展会有很大帮助。爸爸妈妈为我而感到骄傲、自豪。

对经典，我真是满怀感激之情。经典不仅给我启发和知识，更教给了我做人和做事的道理。请大家和我一起加入到学习经典的行列吧！要学好经典，当然要记住爸爸说的话哟："兴趣是最好的老师，只要坚持一定会有最大的收获哟。"

2014年11月6日，10岁，于沈阳

假如我有一只尼尔斯的鹅

一天中午,我趴在桌上打盹,醒来一看,屋子变得巨大无比,我变成了一个拇指大的小人!我跳下椅子去找上精灵,不料看见雄鹅马丁马上要随鹅群飞走了。我扑上去,搂住他的脖子。于是,旅行开始了。

我从未如此飞驰狂奔,悲伤、烦恼统统抛出了脑海。拉普兰之旅,我们都已筋疲力尽,于是,鹅群降到了海边。在捡扇贝时,我听到一堆乱石后传出一声声哭泣。我便悄悄走近探个究竟。我想,这些天,我除了当侦察兵与狐狸周旋对抗,就是趴在马丁背上在空中飞翔。没什么特殊的地方。希望能有些有趣的事。我悄悄地向石堆后望去,只见一只左翼受伤的小灰雁。那是一只美丽的小雁,她的翅膀断掉了,无法飞行。我走到石堆后,小灰雁看到我便想逃跑。我用最温和的口吻说:"你不要害怕,我是雄鹅马丁的旅伴,我们一起飞往拉普兰。"了解到我的情况,小雁不再害怕,她告诉我她的雁群飞走了,她饿坏了,想到自己没有了同伴,很伤心,于是就哭了起来。我便为她竭尽全力寻找食物,为她疗养伤口。渐渐地,她的翅膀康复了,可以飞行了。她真心感谢我,我也很高兴帮助了她。

三个月后,鹅群将我送回了家。我大踏步地走进家门,赫然发现,我又变回了从前的样子。在旅行中,我学会了帮助、关心别人。我发现帮助别人才是最可贵、最快乐的。而战胜困难,实际都是在战胜自己。过程很艰难,可回忆结果,是蛮有趣的。

我回头望向窗外,看着大雁离去,我的心里无缘惆怅。真不知什么时候我能够再跟着鹅群遨游世界呢?

2015年8月3日,10岁,于沈阳

为责任着色

岁月流转,内心逐渐积淀,漫步在时间河畔的我,伸手试图抓住像愁一样细的丝雨。细数时间年轮,凝视着成长的每一个片段,凝视着那杯温暖人心的水,发现自己早已在为责任着上一撇烂漫而淡淡的金色和透明色。

那个傍晚,落日的余晖从晚霞边缘绽出,渲染着渐变色的天空,为夜晚降临点缀上最后一丝绚丽的色彩,画意斑驳。一阵敲门声将我的心从远方唤回。拉开房门,妈妈带着满脸疲惫、拖着沉重的脚步跨进家门,瘫坐在沙发上,望着妈妈在灯光照射下投在眼睑上的颤动的睫毛影子,微微泛黄的脸颊,干枯得有裂纹的嘴唇,一阵挥之不去的酸楚泛上心头,一股责任感油然而生。我踏着轻巧的步子,溜进了厨房。

拧开暖壶瓶塞,一条白色的细线一样的水流悬挂在空中,泛着清波回旋,水花如飞花碎玉般四溅,偶尔有两滴水溅到桌面上,在暗棕色的纹路下显得格外晶莹。水面起着旖旎的水纹,荡漾着一丝浅浅的笑意,一片湿润的朦胧。

抬起头轻轻叹上一口气,摸着自己倒水时因紧张而汗涔涔的额头,阳光被窗玻璃筛过流淌在玻璃杯中,给玻璃杯镶上一圈金边,在桌面上投下一个光影。金色与透明色交织在一起,一股因承担责任、为他人负责的快乐和幸福充满了我的胸膛。杯中的水仍微微发烫，我端起另一只杯子，将水娴熟地、不带丝毫紧张地来回折合。水声清脆悦耳，似梁间燕子依偎呢喃，又好似玉佩玉环撞击时所发出的声音。一会儿，水温适中，刚好温润人心。我迈着平缓的步子，微笑着将水递到妈妈微微粗糙的手中。看着妈妈由片刻惊讶而后转为满脸欣慰和幸福，我知道，我已为责任着上了那片如水一般柔暖而坚定的金色和透明色。

  光阴沧桑，似水流年。飘飞在风轻云淡之间的我，轻抚那片片轻得似梦的飞花。目光透过层层暮霭，落在成长的每一个细节，落在那杯滋润人心的水，突然知道，自己在生活中早已为责任着上了一抹璀璨而纯净的金色和透明。

2017年4月6日，12岁，于沈阳

青春需要雕琢

人生路上，总忘不了那些经历时惊涛骇浪，过后却风轻云淡的挫折历练。青春似一块玉璞，正因用挫折精心雕琢，才能绽放流光异彩。

傍晚，阴云翻滚，天色渐浓。薄如蝉翼的槐树叶在风中漫无目的地飘飞，有几片停在枝头，随风摇曳，闲花满地。望着那倒在柱子前的自行车，依然在旋转的车轮，自己磕破了的膝盖，撞得发红的胳膊，无奈地叹上一口气。又一次，因没有把握好车的平衡撞在了柱子上。我颓丧而怅然地望着天空，对自己能够学会骑车不抱任何希望。

忽然，落日的余晖冲破层层乌云，从晚霞边缘绽出，渐变色的天空为夜晚的降临点缀了最后一丝绚丽的色彩，画意斑驳。那片如水的阳光温温柔柔地照在我的心底，给予我力量。不经历风雨，怎能见阳光？不经历挫折，怎可能成功？

怀着自信，我轻轻扶起车子，直起身来，抬起腿轻松地跨上车子，车子像一条受了惊的蛇在地上蜿蜒，直直地向一根柱子冲去。我握紧车把，把全身的力量用在车上，把握车子的方向和平衡，防止车子左右倾斜。车子又回到正轨，柱子从我耳边擦过，车轮在泥泞的地面上碾出一条深深的车辙。到了一个拐弯处，我调整车把，身子向前微弓，两脚缓慢地踏着踏板，控制着车速，车子以一道优美的弧线拐过了弯。

我暗自松了口气，有惊无险！遇到一个小坡，轻勒车闸，双眼直视前方，车子以一条完美的直线向前滑动，一阵凉风拂上我的面颊，又呼啸而过。阳光为我和车子镶上一圈金边，在地上投下一个光影，一股成就感油然而生。渐渐地，我放松下来，平静自如，无拘无束，自游畅快，和浮云一起欣赏此岸流光。蓦然发现，自己已经学会了骑车。

  梦回初年，或许自己曾经摔倒在冰冷的现实脚下，一次一次爬起，一次一次站稳，迎着风雨，坚定前行、感受青春。目光逐渐穿透生命的层层暮霭，最终落在自己的每一次失败、自己遇到的每一个挫折上。在云卷云舒之间，也让我们明白，青春唯有历练、唯有雕琢、唯有奋进，才能展现魅力、绽放风采、实现梦想。

2017 年 5 月 17 日，12 岁，于沈阳

我欣赏诗句的美景

诗句让我在人生路上看到前进的方向；诗句让我在浩瀚的海洋中畅游却不迷失目标；诗句让我找到真正的自我。它们告诉我人生的道理，使我受益匪浅。诗句是我人生中最亮丽的美景。

酒醒了，你睁开双眼，伴着蝉声凄凄，秋风瑟瑟，杨柳依依，一叶小舟荡着涟漪游向江心。醒了吗？为什么眼前依然晃动着如此熟悉的身影？为什么畔边依然回响着如此温柔的话语？醉了吗？为什么只有一弯浅浅的残月默默地挂在西边的天际？为什么那残月下只有一片全笼罩着暮霭的浩莽的江水？晓风吹来，带来秋天的凄寒，却带不走你心头那一缕两缕如轻烟似的愁思。

"今宵酒醒何处？杨柳岸，晓风残月"，你的眷恋和不舍让彼此分别没有任何遗憾。离开，是你的选择，但正因你凄清却带着温暖的话语，带给你，也带给我感动和温暖，成为我在痛苦之时，生活中一道灿烂的美景。

伴着大唐的繁荣和满腔的愤慨，你坐在客栈中，即将离开长安城。面对眼前金杯中清醇的美酒和玉盘中上好的佳肴，你竟因悲愤而不愿进食。你抽出腰间佩带的宝剑环顾四周，心里却一片茫然。朋友们的一片盛情，令你欣慰，也令你无奈。开阔吗？为什么心口依然压抑？为什么眼前依然浮现出繁华的长安城，清幽的翰林院的景象？苦闷吗？为什么你心中依然有着伟大的理想和抱负？为什么你依然渴望乘长风破万里浪，高挂风帆到达大海彼岸？

"长风破浪会有时，直挂云帆济沧海"，你的乐观和倔强，让你不因人生路上的不如意而放弃。失败，是对你的考验，但只因你坦荡而豁达的情怀，带给你，也带给我力量和坚强，成为我追求梦想的路上，一道充满阳光的美景。

诗句，温暖我的心；诗句，使我振奋励志；诗句，带给我美的体验。在岁月的长河中，波光潋影都因白驹过隙而不复存在，惟有诗句，成为永恒的经典的美景，深深在我的脑海中烙下印迹，令我欣赏。

2017年12月1日，13岁，于沈阳

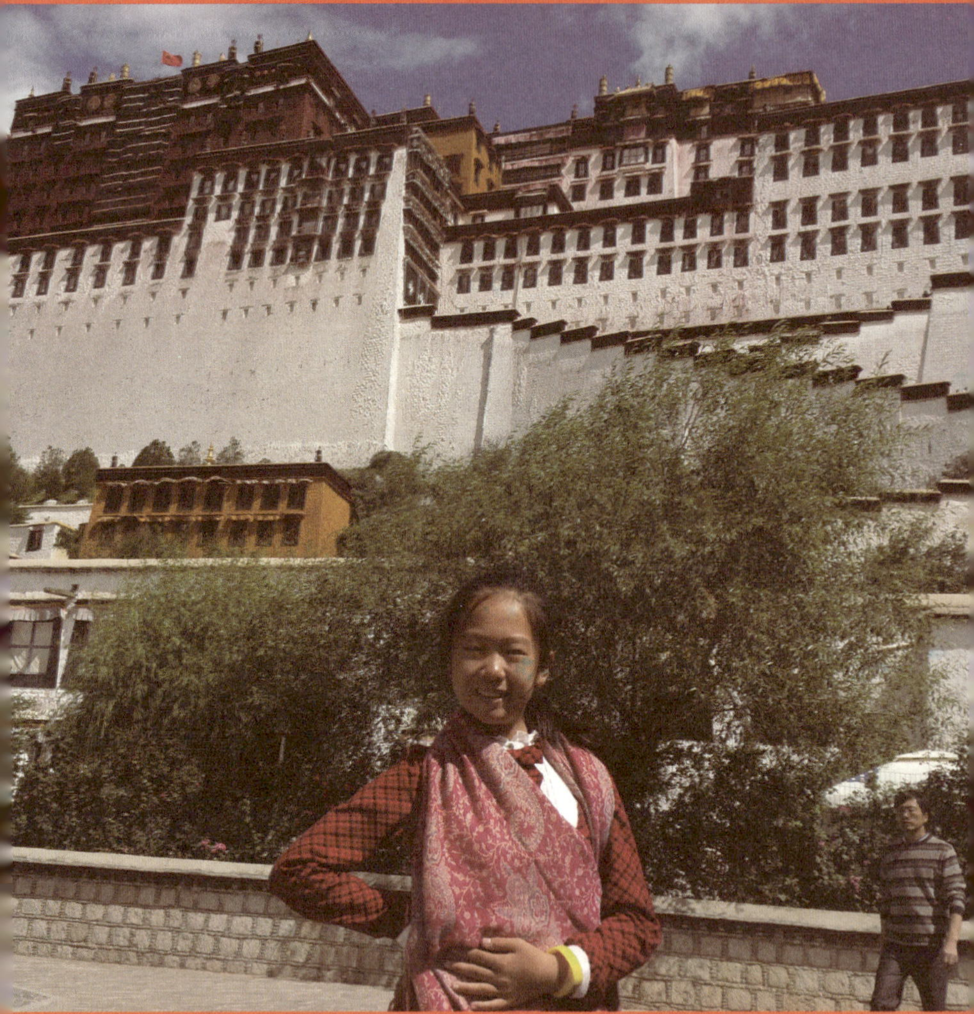

063

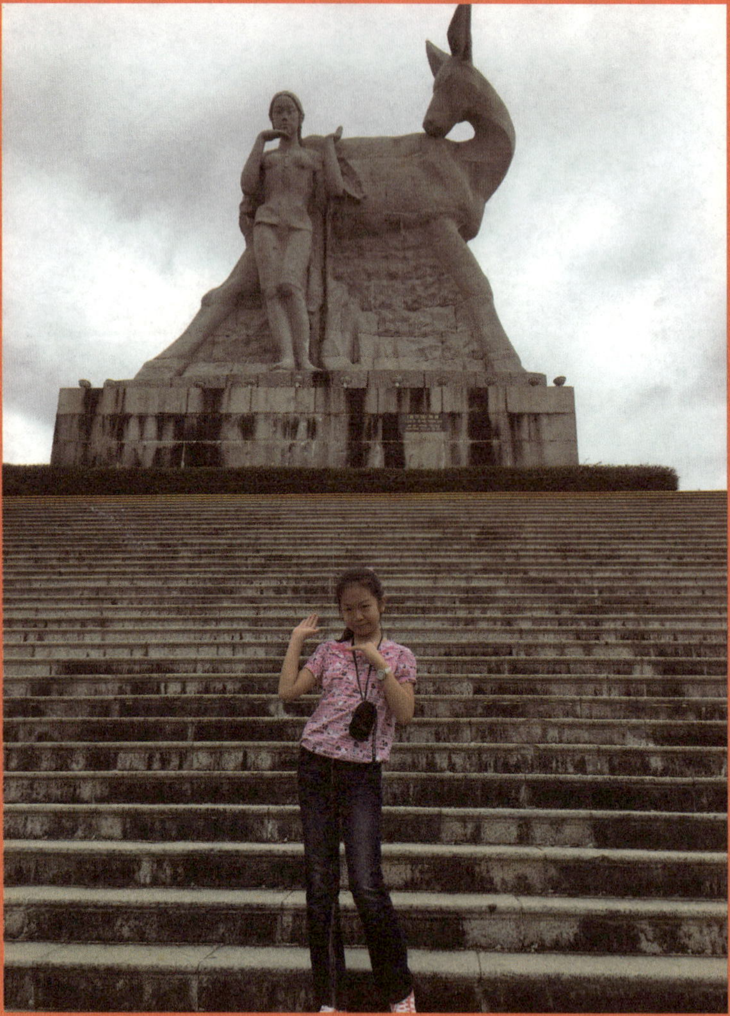

脚印的年龄

065

难忘在滕头 责任记心头

时光一如白驹过隙,带走了那些过眼云烟,而三天社会实践的点点滴滴,却深深渗透在每个人的记忆深处。

技能教育培训:生动实用。国无防则亡,没有国,哪有家。人防教育,不仅让我们认识到国防安全、国防建设的重要性,更增强了我们未来保卫祖国、建设祖国的强大决心和责任感、使命感。戴上防毒面具,穿上防护服,体验和演练受到生化武器袭击时如何逃生。什么是毒品?如何禁毒?老师图文结合,为我们进行了细致讲解。特别是听到、看到毒品的严重危害和触目惊心案例时,内心深感震撼,决心远离毒品,珍爱生命。

实践真实演练:紧张刺激。理论和实践相结合,现场的实战演练,最令人难忘的是消防逃生训练。每个人身上绑着绳子,相继从6、7米高的楼上顺下来。虽说过程有些惊险,但我们每个同学都学会了逃生的方法。创伤救护中,学习不同的绷带缠绕方法,亲自为其他同学缠上绷带。有了这些亲身实践和训练,我们掌握了相关知识和应对技能,将来如果遇到险情,我们肯定会淡定从容、沉着冷静应对。

拓展训练+野炊:团结合作。在素质拓展活动中,同学们合作盖拆帐篷,如果有人不用心合作,不协调一致就会出问题,就会影响整个团队进度。素质拓展不仅增强了我们团队合作的意识，还提高了各班级的集体凝聚力。野炊时，大家分工合作，各司其职，各尽其能。那一碗碗散发着香气的年糕汤，是我们大家责任和担当的结晶。

少年智则国智，少年强则国强。这次社会实践活动，开阔了视野、提高了本领、磨炼了意志，对我们每位同学来讲，都是终身受益。通过校园的学习，加上社会实践锻炼，无形中增强了我们责任意识和担当精神，并转化为刻苦学习的动力。

我们期待下次，期待明天！

2018 年 4 月 20 日，13 岁，于宁波

做正确的事还是正确地做事

当我刚知悉这个演讲题目时,我实在有点困惑。

笼统地看,做正确的事和正确地做事间似乎并无显而易见的差别。尽管如此,当我向更深层次思考时,我意识到做正确的事指的是做事的方向和选择,而正确地做事指的是做事的方法和态度。因此,在我看来,我们应在做正确的事的基础上正确地做事。

做正确的事是正确做事的基础。在你将自己投身于某项任务中前,你得知道任务的内容,否则你会发现事情将脱离控制。若是情况更糟的话,你会悲惨地发现在你快完成你所谓的"任务"时,你做了一个错的任务,这样一来,你就需要花更多的时间去重新做它,这在某种程度上是对精力的无用消耗。再譬如一个认为偷窃是正确的人会经常偷东西,尽管他可能是一个"技艺精湛而正确"的小偷,但他所做的事彻头彻尾是错的。他这样做是因为他对做正确的事没有概念,却被利益冲昏了头脑,投机取巧,只想不劳而获,存在侥幸心理,靠着他的"精湛技艺"一夜暴富,这样就会造成了严重的后果—走上犯罪之路。

相反,如果我们坚持并实施正确的事,我们定会收获颇丰。中国的经济发展众所周知是一段艰难的过程。20世纪80年代,无数人反对邓小平同志提出的进行社会主义市场经济体制改革，声称它违背了社会主义的信条。邓小平坚持他的想法，他说，市场经济或计划经济不是区分社会主义和资本主义的标准，让人民生活富裕起来，让国家富强起来，让经济迅速发展起来，才是硬道理。他一步一个脚印地将理论付诸实际，最终，历史给出了恰当的答案，将计划经济转型为市场经济是一个明智的选择并且激发了中国繁荣蓬勃发展。新改革是正确的，是充满挑战的，市场经济是以市场为主导，比计划经济更灵活地适应经济发展变化，大大促进了经济发展，人民生活水平得到了提高。

　　事实上，总有些人会盲目追求结果而忽视做事的正确方向。这样做和古代南辕北辙、缘木求鱼之人又有何区别？因此，亲爱的朋友们，让我们在开启征程前，在决定事情的正确性上多花些精力，并时刻坚信以正确的方向前进才是迈向成功的第一步。

2018 年 9 月 16 日，13 岁，于宁波

最好莫过于相伴

　　人世间有着太多浮华，有许多人在其中被蒙蔽了双眼，对原来自己所拥有的一切表示怀疑，在他们眼中，似乎有太多太多比自己的拥有的更好的事物。殊不知，他们已在这徘徊和迷惘间，失掉了自己最重要的东西。

　　小王子拥有的玫瑰不见得是最美的，不一定是最华贵的，但因为她与小王子相伴、一起生活，小王子只对她一朵玫瑰悉心照料，玫瑰也只将自己的心里话吐露给小王子，将自己最真实的一面展现给彼此，所以于小王子而言，他的玫瑰于他自己而言是永远独一无二的。

　　独一无二，对每个人都有不同的意义和代名词。而我认为，最好的人、最好的物莫过于与你长久相伴、与你一起携手经历风浪、有着彼此长久精神积淀的人和物。特别喜欢无稹的那首《离思》："曾经沧海难为水，除却巫山不是云。取次花丛懒回顾，半缘修道半缘君。"于我而言，我能"取次花丛懒回顾"，正是因为曾经沧海和巫山。我有一个朋友。她从小和我一起长大，一起打闹。她因为个子矮小，脸上还有一块疤，经常遭到别人嘲笑和欺凌。那时的我总会站出来，帮她挡住流言蜚语，并安慰她不必难过。这也一定程度上导致了许多声称是我朋友的人都离开了我，但我不后悔。后来有一天，我考试没考好，在家大闹一场，离家出走，唯一一个肯在我身后轻拍我的肩膀,试图拭去我脸上泪痕,鼓励我不要放弃,劝我赶紧回家的,只有她。我们都见过彼此最狼狈、最不堪的样子,我们经过十年的友谊相伴,这么多年后,她依旧是我最好的朋友,她于我而言依旧是最好的、独一无二的存在。

最好莫过于相伴,最好莫过于同舟共济,风雨同舟过,苦尽甘来时。珍惜眼前自己所拥有的一切美好吧,因为随着时光流逝,能够与你相伴的人会越来越少,而与你相伴长久的人和物也会因为岁月流逝更珍贵,成为更好的存在。曾经经历过沧海的浪涛,见到其他小河小江都不足以称为水;见过巫山云雨的奇幻之景,其他的云彩也入不了眼。这大概就是相伴和珍惜的最高境界吧。

2019 年 1 月 8 日,14 岁,于宁波

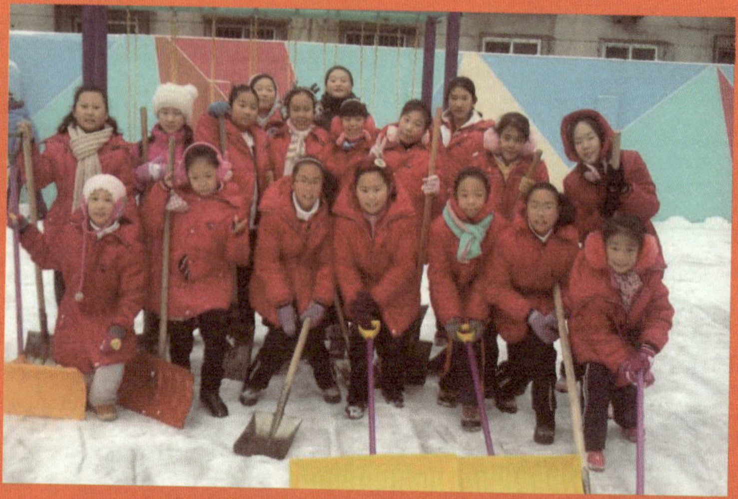

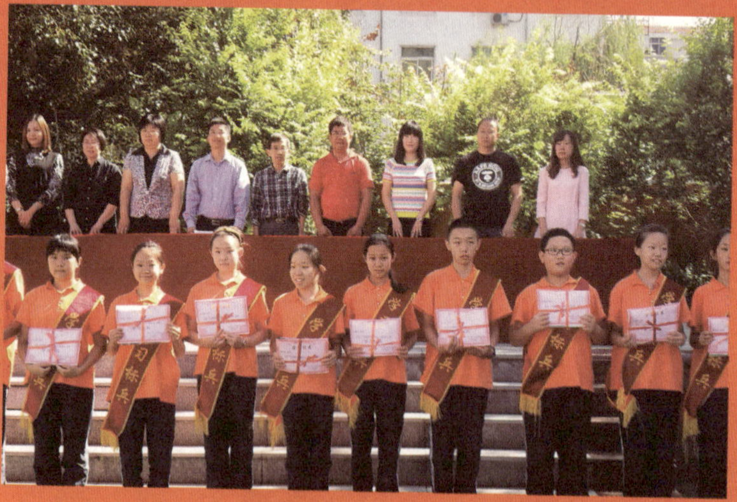

脚印的年龄

073

追逐梦想，无论南北

雕镂年华之绚烂，铭记时光之永久。

——题记

回顾初中三年学习生活，与众不同之处甚多。以初二年级为界，沈阳市第七中学在前，宁波外国语学校在后。初二上学期结束的那个寒假，于2018年2月16日大年初一全家迁至宁波，开始了我全新的求学之路。从北方到南方，从迷茫到笃定，南北方文化的差异，教材的不同，知识点进度的迥异，当时的困难与压力，实为前所未有。宁波语文选用人教版，而沈阳选用的是语文版，导致大量古诗文和名著篇目的知识缺失；数学不等式、一元二次方程、四边形、分式等综合性内容全没学过；北方物理是于八下讲力学，而宁外于八上早已讲完，堪堪错过；北方化学于初三才开课，无分毫基础可言；以上之困境，实令我崩溃。

遥想当年于沈阳七中之时，我屡次班级第一，全区4000多名学生位列前十为常有之事，牛津杯英语大赛，每考必摘冠，真可谓春风得意，所向披靡。至宁波后，知识完全断档，不成体系，教育理念大相径庭，题目难度极大。我暗自告诫自己，若想更加优秀，定须重新认识自己，改变自己。于是我逐渐学会了控制情绪，适应全新陌生环境，修正自我，战胜自我，一个问题一个问题解决,一步一个脚印前进,一个台阶一个台阶攀登。

　　于是,物理力学和数学未学之知识点,我开始通过自学,一点一点追赶,同时还要跟紧学校物理电学、化学酸碱盐的进度。此等压力,知其者,惟我与妈妈也。妈妈常与我聊天,帮我减压,规划人生理想和未来之路,从未奢望过我在短时间内取得佳绩。妈妈让我从最后一名往前追,因为我当时知识点上的问题太多,平时作业多为"C"级,试卷成绩的排名36、37、38最为常见,只想迅速让漏洞变小乃至消失。我将第一目标定为班级30名,全身心投入学习,略无暇间胡思乱想。未来是什么样的,我究竟是赢还是输,均是无解的问题。但于学习过程中,可以纯粹地承受各种煎熬,并咬牙从中挺过来,于我而言,是一次难得的人生体验。它为我今后人生中可能将要面临的困难和苦痛的生活积攒了宝贵的精神财富。这无价的经历,大概是一个人全身心投入去做某件事而获得的最大的快乐吧!

　　困难与压力同在,希望却也与挑战并存。从初二下期中考试的班级第十名,到期末考试班级第八名,再到初三上期末考试的班级第一名,年级14名,初三下期始考班级第二名,年级30名,对我而言,感受何其之深!一个没参加过补课班的我,一个起初与南方老师沟通不畅的我,一个在纠错中成长的我,心存无限感激。感恩父母,感恩老师;感恩北方,感恩南方;感恩经历,感恩时光。在宁外,感受思想之开放,言论之自由,宁外诲我为师,抚我为家,是我今生之荣幸。

　　初中三年,是拼搏的三年,是收获的三年,是转变的三年。我时常提醒自己：把希望放在别人身上，你会选择等待；把希望放在自己身上，你会选择奔跑。士不可以不弘毅，任重而道远。志存高远，心怀坚毅，不忘初心，牢记使命，继续前进。不断观察同学优点，发现与其差距，见贤思齐，迅速调整，去尝试去探索，追赶并反超，为实现自己理想，挥洒汗水，把一腔青春热血和执着投入到攻克学习中的困难与难题上来。只要博学笃志，切问近思，惜时乐知，无论南北，无问西东，必定海阔凭鱼跃，天高任鸟飞，淡泊明志，宁静致远，必定梦想会照进现实，必定会在挫折中站起，坦然面对，昂首向前！

2019年8月18日，14岁，于宁波

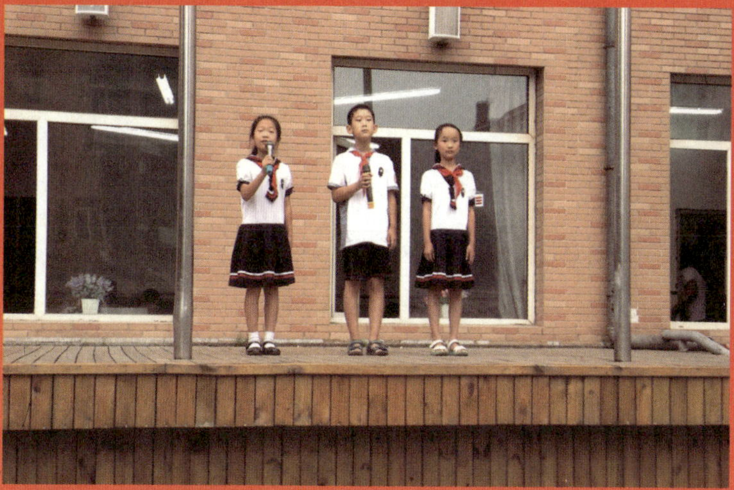

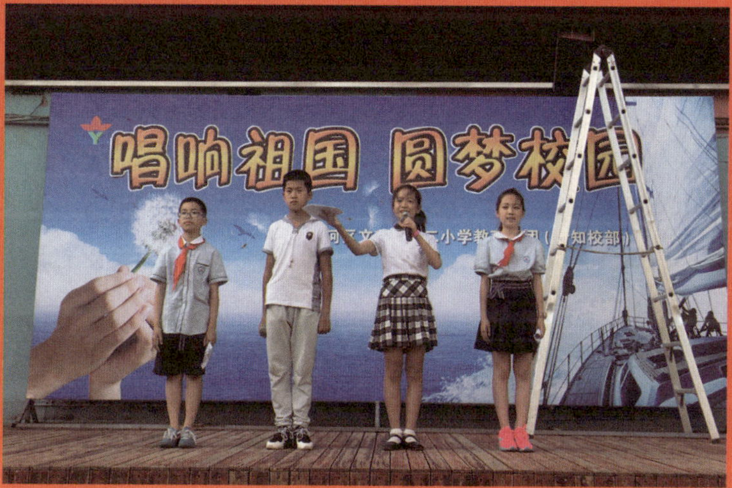
唱响祖国 圆梦校园

对梦想和现实的思考

夫梦想者，憧憬现实与未来之愿也；现实者，千万梦想之源也。此二者，同出异名，然不可分而鉴也。——题记

何为梦想？

希望、向往、热烈、笑音、幸福、轻盈、丰满。凝聚了世上可能存在的最美好的乐符。

何为现实？

绝望、挣扎、残酷、泪水、挫折、沉重、骨感。积淀了世上可能存在的最痛苦的刀剑。

在多少人看来，如果梦想是晴空万里时掌心飘浮的甜味虹霓，无论你将手摊开亦或是握紧，它都会虚幻成过眼云烟，从指尖消旋而过，那么现实大概就是通往圣殿路上的块块青砖，使人在匍匐前进时冷得畏缩，不甘的拳捶打在砖上，虎口迸裂，血流如注，渗凝成罅隙间的触目惊心。

现实的苦旅中，无数人被击倒，任尸身腐朽。而少数那些战胜现实、实现梦想的人，只有他们自己才知道，路的极尽之处，是他们的梦想映照进现实折射出的璀璨华章。

'Only in their dreams can men be truly free.' 活在梦想中的人，才可能成为现实中真正意义上灵魂超脱的自由人。周恩来总理年少时，于简陋的私塾中，于那个风起云涌、大厦将倾、困难危亡的时代中，大声喊出了他自己的，也是全中国知识分子共同的梦想：为中华之崛起而读书。纵然现实带来挑战的挫败，但只当他闪现过这个崇高的梦想，它就会照进现实，给予他黑暗落寞中斗争的勇气和力量。

马丁.路德.金有一个梦想，他希望终有一天，美国乃至全世界将不会再有种族歧视的固化隔阂，平等和尊重将在天涯海角盛出向阳而生的花。当他的梦想照进现实，这猜忌势利的世界在他的有关黑人自由平等的演说和运动中，多了一份名为爱和梦想的温柔和关怀。可见，当梦想照进现实时，我们在现实中前进，才会怀有流矢般的坚定，不彷徨不迷离方向，在想要放弃时梦想将成为心中唯一的信仰和精神支柱，支撑我们踏出跬步艰难，直济沧海。

然而，当梦想照进现实，若是只顾流连乌有缥缈的虚空构想，沉溺于黄粱南柯的醉生梦死，想必也会蹉跎这朝晖春秋间的短暂，而在现实中，一败涂地、一事无成吧？

18世纪的欧洲在阶级和经济斗争的阴云笼罩下浮掠出思想新潮，空想社会主义当然可称得上是其中的启蒙典范。可它却只能以"空想"的理论形式存在，而无法付诸实践，这是因为它对未来理想社会的天真梦想中缺乏同现实规律的缔结。反观同时代的马克思，由于他在现实中生活清苦拮据，甚至可以说是一贫如洗，他对农民和工人的社会生活现状有更深入的接触和了解，而他成为共产主义者、实现共产主义的梦想，便与现实有着更紧密的联系，蕴蓄更切实可行的现实价值。正因如此，马克思主义才能流转世纪，永远辉煌。

但若是细想回味，梦想似乎是一座迷雾中的桥，那桥从现实的涡漩深渊清现一点模糊，又飞梭似的疾展到彼岸，绚开一片光影,照得现实本身也明亮了。

梦想,是在现实中得到升华,并在其中涅槃重生的啊……

就自己而言,我于去年的大年初一来到宁波,没有原来故乡北国的雪凛寒冻,但现实中的冰墙结界将我困在一个淬了毒的铁刺笼中,体无完肤。来到陌生环境的忧虑甚至恐惧,远离故乡亲友的落寞,第一次住宿的生涩,学习进度差异的困恼,成绩一落千丈的痛苦哀怨,亦或是对一些嘴脸"冷嘲热讽"的恨意,七零八落地敲碎了我的玻璃心。我曾经的梦想,是考上一所不错的高中,接受良好的教育,可这一切,是不是随着现实,逸腾成旭日破晓时海上的泡沫,不见踪迹?

绝望,并不代表没有希望。在现实中没有做到坚持不懈,就等同于半途而废。没有人的血管里愿意有失败的血液在流动,有的只有对梦想不坚定,对现实想逃避的噬心蛀虫。新的群体和伙伴提升了我的交往沟通能力,大量难题培养了我不耻下问的钻研精神。如果这些都没有用,就再前进一步。当我颤抖的手捧着效实中学录取通知书,我真切地看到梦想,就在拐角后面,向那个洗净了浮躁骄傲、担着满肩稳重和收获的孩子招手。讶然发现,梦想原来的模样,竟如此清澈明确,触手可及。我拉起它的手,一起向下一个梦想奔去,奔向那缕新生于我绝望不甘时慰我挣扎前进的希冀。微光中,似有一所我梦中才能见到的美国高校和文学院中书纸墨香和畅言所想的温馨隽永,引人暇思。

被现实业火浇铸打磨过的梦想,当它新生后再重新照进现实,一定很坚强吧。

若是提到"现实"二字,只能想到"真实,这严酷的真实"

和正义与罪恶的红黑矛盾，未免也会有些悲观主义了罢。"通往灭亡的门，那门是宽的，路是大的，进去的人也多；通往永生的门，那门是窄的，路是小的，也鲜少有人找得到"。现实总是不会将梦想的实现赐予那些在梦想中坐享其成的人的，唯有在窄门小路的现实中削减了梦想年轻稚嫩的躯壳，在狭隘夹缝的迫驱下，有同莫言一样，不管作品和梦想有多不被认可，有多少次手稿被弃于火盆，也不曾放弃的坚毅顽强，亦或是有同保尔.柯察金般点燃生命为事业奋斗的热情和无悔如风的果敢，才能飞越梦想之桥的彼岸。

梦想诞生于现实，而现实，不仅仅是涤尽了梦想的铅华，造就了梦想脱胎换骨的蜕变，更是塑捏了一个人承受压力困局的强大心理，和他在梦想照进现实时，实现梦想的能力，使得他自此穷而后工，一飞冲天。

梦想照进现实，带来希望的目标和曙光；而现实，是梦想微光的载体，让所有有梦想的人，可以通过现实成就梦想，成就一个更健全的自我。二者兼而有之，追逐梦想的路上才既不会被梦想营造的美好所迷惑，亦不会产生梦想无法、无处实现的悲哀。当梦想照进现实，让现实成就梦想。

2019 年 10 月 16 日，15 岁，于宁波

天空之汐的共鸣

"苍山如海,残阳如血"该是怎样的景象?

想必是颔首却山色苍翠,绵延万里,与天际线融为蓝绿,如一望无际的碧海,无波无澜却似有一不可见的漩涡,将人的灵魂卷入其中。

是欲颓不坠的夕阳残没了一片,隐匿山后,如战士鲜血的腥红溅于白练,染遍天上悠悠几缕云,为山也晕上一雾殷酡微醺般的赤霞。

是带来宏丽视觉冲击的同时亦带着几分漫漫前道的神秘未知,更是纵然雄关大路艰难甚铁,也一定要迈步向前,从头而越的卓然气概。

深深夜色,旷荡出一篇月夜序章。

天空被夜色填满,月透过紫黑的云层牵出条条狭长的冰丝,在空中晶亮划过,又隐没于黑暗,不见踪迹。

是谁只手打翻天际线处的盈溢璀璨的流光莹彩的匣子,星光飞溅,洒落遍偌大穹顶的孤零角落。

峨眉山顶,似乎在夜间愈发高入片片云瓣,更令人感觉那天上星似乎是并不需架一把梯子便可以轻松采撷、触手可及的。

仰望那隔了不知多少时间才漫步过光年之旅的点点繁星屿链,心中或多或少萌生的对无尽夜潭和寥落宇宙的怯意和战栗，尽皆化为云、月、星间一触即碎的泡沫幻影。纯净的光亮如明镜撞入心底，融熔成滚烫的黄金，化作感动和惊叹的热泪从眼眶中淌出。

当眼泪被天上的闪烁明灭瞥见，只有我和星月知道，那是同样飘零孤寂的两颗心在月下山巅和天空之汐的共鸣，更是那相逢恨晚的萍水知己之情。

2019年10月26日，15岁，于宁波

084

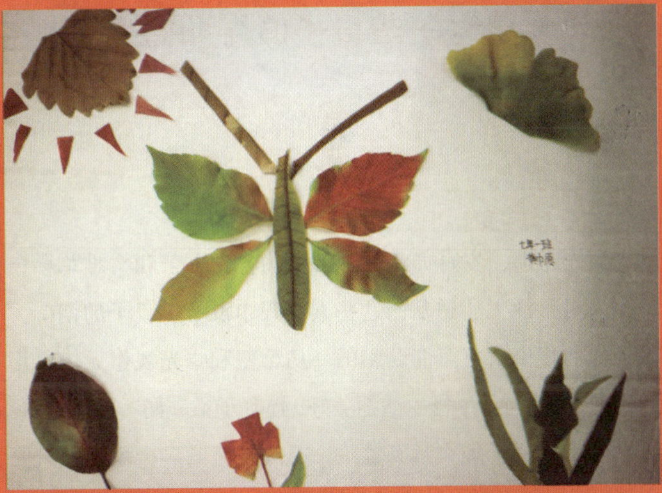

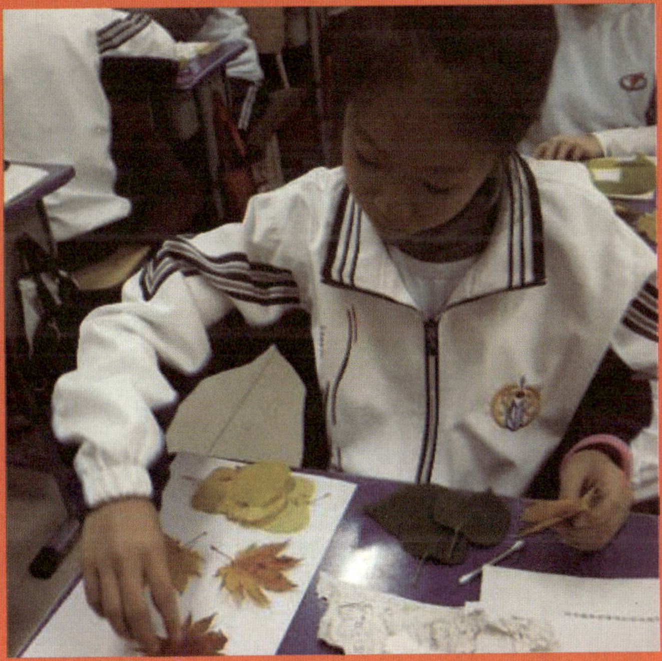

总有一些日子值得期待

韶光易逝，岁月如流，生活中的各种困苦和磨难总会令许多人对生活无所适从，这些人的眼中没有对日子的期待，因为他们将未来有可能诞生的一切希望和曙光视作无休无止的黑暗，怨天尤人，怪生活不美好，怪日子不顺畅。可殊不知，无论未来的日子多么具有挑战，亦或是充满多少坎坷，只要人把自己对日子的角度和看法改变，总有一些日子值得期待。

"生活不只有眼前的苟且，还有诗和远方的田野。"纵然艰难不复，纵然现实痛苦入骨，向更遥远的地方望去，生活也终有一天会待你眉眼如初，岁月如故。孔子高徒颜渊，一箪食，一瓢饮，曲肱枕之，安然自得，乐在其中。即使家境清贫，可在颜回心中，只要是可以和老师一同求学问道的日子，便是值得期待的日子。他将贫穷视作对自己心性的磨砺，并且认为世上许多人的日子艰苦更甚于他，这样一想，换一换角度，似乎黑暗中也满是积极乐观的阳光。

又忆起周恩来总理在他年少之时，于私塾中，于那个腐朽没落、前景不足期望的社会中，大吼一声"为中华之崛起而读书"，他于落败之中看到的不是清朝的苟延残喘，而是在新一辈知识分子的成长中逐渐站起来的中华民族的希望。他带着对那些有着梦想的日子的期望，化为动力，最终于1949年实现了他年少的期望。

反之，如果只在失败中彷徨彳亍，不抱期望，那你将永远也不会有见到那些值得你期待的日子的机会。我国伟大的人民艺术家舒庆春，生前作品《骆驼祥子》《茶馆》等为当代市井百姓所热爱，只是遗憾先生于文革之中被百般侮辱打压，最后在湖边静坐一晚投之自尽。我不否认他用这种方式留住了他作为一个知识分子骨子中的傲气，可他又怎会得知，仅2年后他很可能被评为当年诺贝尔获得者，五年后"四人帮"粉碎文革结束？如果他没有自尽，忍辱负重地活下去，是不是就可以珍藏这些值得期待的日子？痛苦固然易使人心神崩塌，老舍也不能免俗，可如果我们想着，期待着总会有一些日子是充满欢乐和自豪的，是不是会更加从容地迈过坎坷呢？

　　不历风雨，不见彩虹，站在长夜漫漫中回下张望，在你想颓然席地而坐时，不要对现状失望不满，更不要泫然涕下，夜最深时也意味着破晓之绯的绽放，未来绝无定数，无论如何总会有一些日子是值得你期待的。那些隔过黑暗的花与水，正因为远了生死，隔了苦难，在你满怀着期望、乐观、积极和豁达渡水而过的同时，采撷起那些值得你期待的日子，才会显得如此难得珍贵，不负你的期待。那些隔过黑暗的花与水，其实就在遥远的彼岸，很近很近……

2019年11月2日，15岁，于宁波

静听回声

那一地一树的雪白,悄然无声。只是千里之外的我,还能否有幸聆听你的低语?

昨天,故乡下雪了。

我有些失神地眺向窗外,高楼林立,暖风如煦,枝桠上的翠绿召来鸟鸣阵阵,瞬息间沉默于人声纷杂中,不复再闻。有时真的会烦乱地想,为什么我要背井离乡,做这飘零天际的逆旅过客?

故乡的雪,总是见多了,便不会奇怪了。当天穹中央漾出第一片云雪,皮肤便会触知到既而到来的寒冷。北风啸过凛冽,雪花裹挟着刺骨割来,击得行人有些措不及防的雪一样的茫然,纷纷奔进就近的大厦商场。而待雪小了些,小孩子定会抛下室内暖气,撒欢似地跑到雪中玩嬉。小时候的我,最喜欢躺在雪地上,任缱绻白羽似的自在飞散的雪融化在鼻翼,轻入遐想,待母亲一声焦急的呵斥才跳进来掸掸衣服。下着雪时,总是充满了欢声笑语,在北国冬日里,回声不绝于耳。

而雪落尽的时候,想必又是另一番光景。柔软疏松的雪层于孔隙间汲尽了街市的喧嚣,一树苍白承受不住重量,在我的窗棂前撒落瀑泻,笼于地上残叶枯旧。窸窣碎响清减了,在万籁俱寂中的回声愈发不谙世事而静谧。轻启窗扉,静坐聆听若有若无的回响,时空将我拉回现实。冬季的江南,雪景总是罕少的，于温婉的青花瓷般的海边小城，若是有雪，总会令人流连赞叹，陶然心满。每想到这，心中多少会有些念想故园再难见一面的雾凇沉砀、银妆素裹的悲鸣。心痛难自知。

  我打开窗，任叶在掌心如流雪淌旋。在故园时，因为雪并不稀罕，也就不去刻意留心。只是，当我辗转异乡，耳畔来自远方的回声才愈显清明，勾挑出我不知多少关于雪的回忆，故园的遐思。我忽然释然了。远离故园，为我和故园之间反而搭造起一座名为距离的桥，赐予了我一个珍惜美好、拾掇隽永的机会，静听回声。自远空归来，才发觉故园的烙印，有多深厚。

  我眼前仿佛缓缓布开一幅画卷，画中有儿时的我，搓着雪团打雪仗亦或是堆雪人，在渺远的路上踏出一串属于我的深色脚印。路的尽头，是和暖的江南冬景，温馨质朴。我真切地听到了故园的雪的呢喃，那是因我懂得"归来"含义的共鸣，是暖风相依的幸福酸楚，也是相隔千里心灵和回想的倾诉。踏雪寻春，待来年的第一场雪，故园，你可愿同我，静听回声？

2019 年 12 月 15 日，15 岁，于宁波

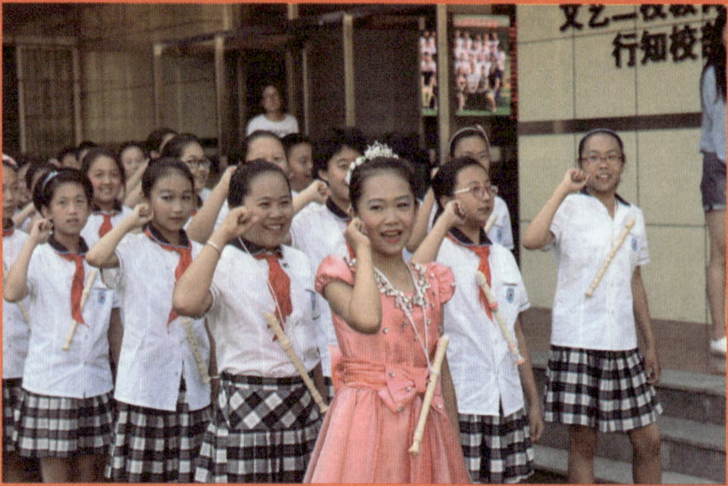

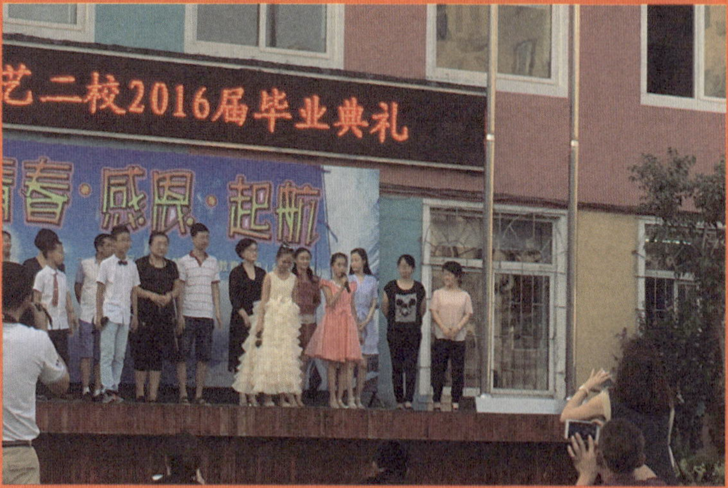
艺二校2016届毕业典礼
感恩·起航

半中前路，一程行

"半"是什么？

这个问题自"半"字出现，就未曾消没。古人素爱"半"字，"半卷红旗临易水，霜重鼓寒声不起"，写出战争中半掩的军旗残破的凄凉；现代文人亦钟意"半"，老舍先生曾为齐白石出"芭蕉半抱菊"的题旨，体现的是文人与书画风雅间的隐约遮掩的半段情谊。而从古至今，"半"字带给我们的，除了诗词文赋的隽永意韵，更是一种做事为人不偏不倚、对称平衡的人生态度。

心中若是装得下一半一半的矛盾的和谐，定然会更加清醒警觉，走得笔直。郑板桥有言"难得糊涂"，"糊涂"是指对事对物浑然不知的懵懂吗？当然不是。心中居一半糊涂，便可将世间纷杂看破，不会为清醒时心底对丑恶的失望怨恨蒙蔽双眼；而另一半清明，将会为你前路指引方向，制衡思想，使其不会在糊涂的同时迷失，不会变得一味随遇而安，不思进取，颓废不前，同时给予你判断是非的本心标准，成为一座灯塔，在黑暗中也看得清脚下的路。

"中也者，天下之大本也。"《中庸》作为儒家学派的经典之作，传承了"中庸之道"的精髓，即凡事皆讲求一半一半，人居于中，不会走上歧路。古有一器，亏则倾，满则覆，唯有水位居一半，不动如山。人行世间正道，若对成功趋之若鹜，急于求成，满腹得意，只会多行不义而自亡。若不思进取，又会错失良机，悔恨终生。胸中有一半奋进，一半沉着，不炫耀自夸，亦不妄自菲薄，以半的心态应对，定会成功。

相反，若是犯下偏的错误，不保持"半"的中居思想，结果亦是令人震痛。王明于国民党对中共围剿的严峻形势下，犯下"左"的错误，直接导致红军第五次反围剿失败，损失惨重，被迫长征。陈独秀于国共第一次合作中走了右倾路线，没有掌握军队武装，弱小的中共被钳制，无法反击。可见，若是不坚持半的精神，不做到斗争与宽容并存，这渺远前路，定是走不长远。习近平总书记指出，应提倡斗争精神，试问是要重辟"左"的冒进，重现大跃进，文革历史的惨痛教训吗？当然不是。斗争一半，和解一半，国家发展才有希望，人民才有更大的奋斗积极性。

《论语》中曾子曾讲："夫子之道，忠恕而已矣。"忠与恕共同倡导，一半宽恕感化，一半批评指正，这是孔子因材施教的根本基础。纵有满心苦闷，李白亦有"长风破浪会有时，直挂云帆济沧海"的豪言壮语，一半苦悲一半积极，走出自己的艰难行程。筚路蓝缕，我们定将胜利。

心中有半的中和，凡事不走极端，将心态平分秋色，定可行万水千山，踏遍阳关大道。

"半"是什么？

是居中不偏、全面思考的一半理智

一半心中情感的生活思想啊。

半中前路，一程行。

2020年1月10日，15岁，于宁波

脚 印 的 年 龄

093

盛京之盛

"心逐南云逝,形随北雁来。"春节期间汹涌而至的疫情阻断了回乡探亲之路。

那里还飘雪沁人心,那里还北风啸战歌。那里盈满儿时的记忆,那里还有一直想探究而未曾来得及探究的过往——盛京,究竟是怎样的一个城市?承载着怎样的历史?盛京到底盛在哪里?

北望家乡,我朝着盛京的过往缓缓走去。

"最起初 只有那一轮山月／和极冷极暗记忆里的洞穴／我学着把爱与信仰 都烧进／有着水纹云纹的彩陶里／那时候 所有的故事／都开始在一条芳草的河边"。

一切关于盛京的故事,都从北运河畔,一处原始社会母系氏族村落遗址慢慢延展。新乐遗址的发现,将该地区人类活动的历史上溯到七千年前以前,再现了7000年前先祖们的生产和生活场景,也把盛京的历史推至遥远的新石器时期。

这便是盛京,始前文化之盛

公元前221年,秦始皇统一中国,分天下为三十六郡,盛京隶属辽东郡,西汉时期叫"侯城",唐朝时改名叫"沈州"。宋辽夏金时期,辽太祖移民到此,修筑土城,生产发展,后来清太祖努尔哈赤把都城从辽阳迁都至此,并修建皇宫,至皇太极改称"盛京"。后来清朝以"奉天承运"之意设奉天府,又名"奉天"。

这便是盛京，开启大清王朝之盛。

1928年6月4日，发生了震惊中外的皇姑屯事件，奉系军阀首领张作霖被日本关东军谋杀。他的儿子张学良继任。盛京，再一次成为世人瞩目的焦点。日本为把东北变为它的殖民地，向张学良示威，威逼张学良独立，担当日本人统治东北的傀儡。国难当前，身负国仇家恨的张学良申明大义，于1928年底毅然通电改易旗帜，宣告东北服从国民政府，史称"东北易帜"。此举，维护了国家统一和民族尊严，挫败了日本帝国主义攫取中国东北的阴谋。

这便是盛京，维护国家统一和民族大义之盛。

1945年，抗日战争胜利，"奉天市"恢复"沈阳市"名称，沈阳也成为辽宁省省会。新中国156个重大项目中24个落在辽宁，全国17%的原煤、27%的发电、60%的钢产自辽宁，第一炉钢、第一架喷气式飞机、第一艘巨轮等1000多个新中国工业史上"第一"都诞生在辽宁。沈阳作为中国重要的以装备制造业为主的重工业基地，被誉为"共和国装备部""共和国长子"和"东方鲁尔"的美誉。

这便是盛京，共和国工业长子之盛。

沈水川流不息，不舍昼夜。蓦然回首，这些都是时光沉淀下来的痕迹，沈阳故宫仍在，大帅府仍在，中山广场仍在……

回望历史，激情满怀，民族复兴、盛世中华。这是一座有历史、有文化、有故事的城市，既古老、又年轻，既大气、又神秘，承载着这样多的沧桑、苦难、坚强、辉煌。

相别千里，仍念故园。斯地、斯人、斯景、斯情。踏实、

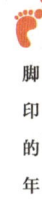

无畏,是她的特点;不屈不挠、敢于拼搏,是她的基因。

在愈步愈远的回忆中,我渐渐泛起嘴角的笑,骄傲、自豪!

2020 年 2 月 2 日,15 岁,于宁波

用生命守护使命

注定将行，谓之使；以心担当，谓之命。

2020年初春。彼时，共话此年丰，心随明月走，静待十里春风，其乐融融。全国人民都沉浸于新春佳节的欢乐祥和气氛之中。

然而，与新年钟声一同敲响的，是突如其来的新型冠状肺炎病毒的警报声。疫情汹涌、惊恐弥漫、谈冠色变。逃离武汉！有人跑到国外旅游和朋友"胜利会师"，有人开车回老家过年，美国撤侨、英国撤侨、日本撤侨……一场现实版"胜利大逃亡"陆续上演。

尘粒迷蒙中，有一抹蔓延至远方的白，坚忍而纯粹，那是一群着白色战服逆行者，向着疫情最重的湖北武汉毅然挺进。"妈妈我想你，你要保护好自己，我们等你回来。""妈妈，我和爸爸、弟弟很想你！希望你在外面好好照顾自己，好好吃饭，老师说你是最伟大的人！"山东医疗队驰援武汉、辽宁医疗队驰援武汉、浙江医疗队驰援武汉……用生命守护生命！一场场惊心动魄的逆行大幕正式拉开。

不忘奋进初心，前行，只为勇担使命。敢于用热血书写担当，勇于用生命践行使命，最危险的境地有你挺立，最需要的时刻有人相依，正是这些负重致远的身影，用使命勾勒出屹立不倒的"中国精神"，诠释着"不忘初心、牢记使命"

的真谛。

逆行，只为神圣使命；使命，只为守护生命。"我不能后退，后退不可原谅！"2020年2月4日，武汉江厦区金口中心卫生院23岁女孩甘如意，用共享单车骑行200多公里，花了四天三夜从家乡荆州到武汉，拼命回到一线投入战斗。"虽然很疼，但穿上这件衣服我就是战士！"武汉市肺科医院22岁护士张美玲鼻骨骨折坚决推迟手术，坚守抗疫一线。

"越来越多的患者出院了，可是我们院长再也回不来了。"2月18日10时54分，51岁的生命从此定格。跟病毒战斗，一直持续到他生命的最后一刻，这座英雄的城市，铭刻下刘智明这个英雄的名字。徐辉，南京市中医院副院长，连续在一线奋战18天不幸去世，她用生命展现灿烂光辉。"疫情不退，我不退！"这是徐州市铜山区利国水利站党支部书记厉恩伟接到防疫任务后立下的誓言。别人每天8小时换一班，而他，每天工作时间超过14小时，44岁的他倒在了疫情防控第一线……

是的，没有使命，再优秀的生命，也走不出精彩的人生。有些人，处处以自我为中心，自私到为所欲为，变为精致的利己主义者；有些人，没有使命感、没有方向，碌碌无为、浑浑噩噩、虚度光阴……使命，是无畏的奋斗，是无我的境界，更是自我的牺牲。鸡肠鼠肚者难做栋梁，患得患失者难当大任，义无反顾地践行使命，方能一往无前。

一生有使命相随，便可笑对人间沧桑，直抵幸福彼岸。"自反而缩，虽千万人，吾往矣"，使命，不会为少数人的苟且滞留在滚滚时代洪流。责任在心，重任在肩，使命可如在日常生活中各安其居、各尽其能、各得其所的规范为人般轻如薄水桃红，亦可如奉献个人利益甚至生命般重于泰山。鲁迅曾经说过："我们自古以来，就有埋头苦干的人，有为民请命的人，有舍身求法的人……这就是中国的脊梁。"

前行之路，任重道远，不求为正义杀身成仁，但求无愧本心，无悔于使命。负重致远，亦忆守初心使命。

此刻，愿与君共勉：待他日归来回首，正值春满园，霞满天，山花烂漫。

2020年2月25日，15岁，于宁波

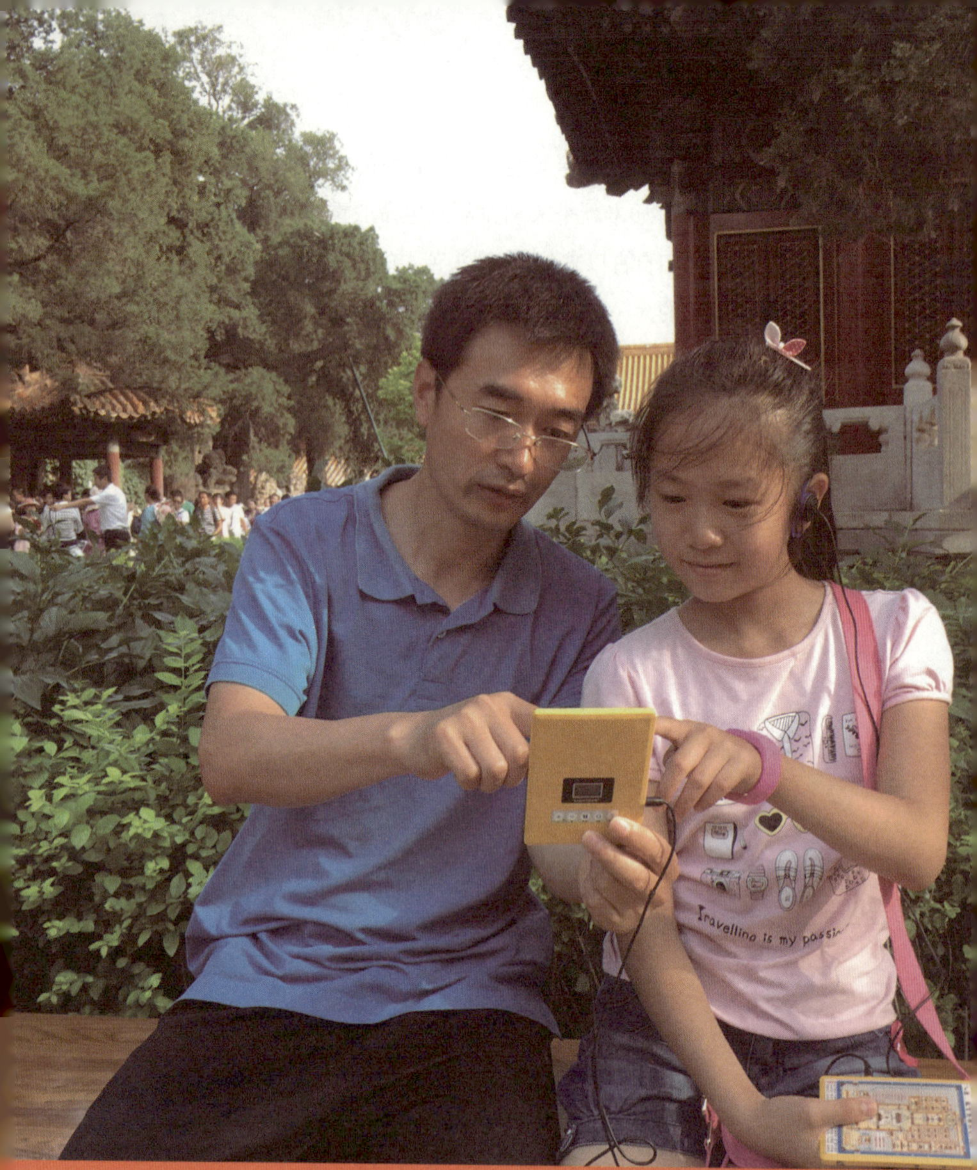
Travelling is my passi

死生一梦

"生存还是毁灭,这是一个值得考虑的问题。"

"我们是一堆自我拘束、自我惶惑的生存者,我们无论哪个人都没有丝毫的理由活在世上。"

夜阑珊,人俱静。

他眺向窗外,瞥见隐没于黑暗中的一片喧嚣。出乎意料地麻木不仁,亦是意料之中的痛苦万分。

黑色的眼睛蒙蔽了神志,晦涩出一滴附尘的泪。夜晚可以隐盖白日里的一切:饱和了诸多讽刺、虚与委蛇,和影子里冷嘲热讽的现实。而他人刺刀般的言语、抑或是一声毫不相干的笑声,都悉数成为铭刻在他内心的疤痕,那是连时光也无法抹去的心结,是摇篮曲彼岸的梦魇。

他笑着起了身,颤着指尖启了窗扉。冷风灌进偪仄的房间,高层建筑在寒冷中摇摇欲坠。泪水终于大把大把地迎风洒下,不再有与旁者打交道时的紧绷心弦和被压抑过的恐惧,敌人时晴时阴的眼光,和令他痛彻心坎的、自己永远得不到的别人的欢声笑语。

惶恐、不安,统统去死了。生存是被迫的,生活是无意义的。"遵从你内心最真实的想法吧……"有个没人听得到的声音悄无声息地引着路,裂碎的缝隙间,深渊隐没着显出。

他下了决心。终于,终于可以摆脱一切困扰和凌迟,不必再做这庞然世界的生存法则之下的一只苟且偷生的蝼蚁了……

双腿在高空轻轻曳荡，眼底盈满模糊了的霓虹灯彩、人间烟火，似是要在临走之前留住仅存的美好。

落叶寂寂，朦昏的月色下，雨雾飘晕出一片猩红……

可人在世间，本就朝生暮死；欢去离合，也是必然；为何不且惜当下，打磨出一副从未体验过的人生？

或者说，你在这世间，就没有任何值得你牵挂恋念？

有另一个声音如是说着。

有的……吧。

我有我的父母，若是他们的多年精心栽培抚养只能换回无果的腐朽，我不会惭愧吗？

我身边多多少少给予过我善意的人，若是我离开了，他们是否在一段时间内，亦会睹事思人、为我哀悼？

我的理想，纵使前景滞留不畅，若是不呕出心血通彻地搏上一搏，怎知山穷水尽后不是柳暗花明？

令我厌弃的人，若是听闻我的生命终止在了他们脚侧，定会幸灾乐祸、满腹鄙夷，将我残破的身躯随茶余饭点啖碎在齿缝间吧？

还有好多事要做，还有好多情感要珍惜，还有好多快乐要邂逅，还有一个坚强的我在深深的漠然中等着踏向未来。

甚至，连今晚，都是有月亮的呢，白得渗骨。

多么可笑的，令人不甘啊……

这是他弥留之际的最后一缕意识，转瞬便被掐息。

"人活在世界上，快乐和痛苦本就分不清。所以我只求它货真价实。"

被掐碎的光芒于残垣中复苏，所有的虚伪、阴暗、拘谨、彷徨、苦难，皆将沉默于寂寥。

"默然忍受命运暴虐的毒箭，或是挺身反抗人世无涯的苦难，通过斗争把它们清扫，这两种行为，哪一种更高贵？"

拂晓咏叹中，生命重新冉起天边的酡红微醺。

天亮了。

他披着一身冷汗，从惊梦中回魂。

他眺向窗外，瞥见隐没于黑暗中的一团彗星。

他笑着起了身，颤着指尖启了窗扉。窗外的海棠无福消受狂风乍起，一夜未眠。泪水无比似曾相识地，默默爬进心里，淹湿了花蕊絮语。长夜痛哭，静默伫立，无声。

在生存中创造价值，塑就勇气；在毁灭中顿悟痛苦，正视人生。风吹幡动，是新生苏醒绽放的声音，是执兵刃立于沙场斗争的不屈果敢。死生为牢，一梦得还，困拘不住的，是在生存中挑战毁灭和挫败的傲气，燃星火燎原。

活着，真好啊。

2020 年 4 月 12 日，15 岁，于宁波

提线木偶

童话的尽头，静谧的边际，迷失在梦境中的旅人啊，你可愿随三月的小兔，探到古堡最深处，来细细聆听我的故事？

我是一个木偶，一个提线的木偶。

我也是世上，独一无二的木偶。因为只有我，在一众木讷死寂的腐朽中，有了情感，有了思想，有了灵魂。

我自从苏醒过来，便一直在思考一个问题：生命的意义，在于什么？但没过多久，我便找寻到了答案。

我时常见到一个人，一个高大而冰冷的人。他看向我的眼神中总是充盈着狂热的渴望，他说，我是他创造出的杰作，是艺术中的经典。

他开始在我的身上绑拴细线，我动弹不能，唯有在窘窄中欣赏自己被枷锁禁锢的恐惧。而从那一天开始，我顿悟了，生命的意义，在于自由。

我渴望自由，一如疲行于荒漠中的行者渴望海市蜃楼的一滴水，一如金丝笼中的夜莺婉转出血与火的哀歌。

我撕扯着身上的提线，坚忍如刀，入木三分。徒劳的悲戚令我痛苦，自由的路上遍生荆棘。主人为我细致地换上舞裙，而在我看来，更像是扼住咽喉的染血绷带。我被拖拽到了一方花匣，那里将是我的舞台。我不得不屈服于力量的胁迫，演一出人见人爱的戏。

刀锋在磨石上擦过的刺耳中，帷幕缓缓展开。

虚荣的贪欲浮涌，脚步再无法滞留，墨色被浸透，取而代之的是那深红舞鞋。足尖吻过忏悔，在绝望中舐品救赎的滋味，唯有刖去罪孽，方可继承脱解。我在惶惶之中恍下泪来，竟不知是穿红鞋的女孩的悲哀，还是笼在头顶的阴霾。观众自是不解我，用讥诮讽评回应我的孑然——那些掩着嘴脸的面具，只会在我舞蹈的疯狂中意醉神迷，陶然销骨。乐章戛止，归于沉寂，带着我仿佛被穿过烈火的折磨，和魂倍黯淡的虚妄。

我空洞的双瞳愣愣地瞪着人来人往，在无法聚焦的飘惚中瞥见主人抱着一箱金色笑绽满脸。在他看来，我的价值即等同于那一箱泡沫，可我不想再逢场作戏、任人摆布，我不愿只做一副空荡的躯壳，我，想要自由……

我有一个梦想，一个只能成为梦想的梦想。

只要提线人尚在一日，我就不可能有自由的可能。利字写了满眼的主人，只知一味压榨掠戮！

我见过主人将陈旧的木偶弃如敝履，我亦清楚木偶的生命只有在表演中才可得以体现：那一条条细线搭载了木偶的灵魂，断了线的木偶终究只是一块炎火中焚灼的燃料。专权统治下，弱者付不起反抗的高昂代价；想要自由，唯有顺势而为，步荆缠棘，绚烂出自身价值，惊艳世俗，魅惑众生，这才是一切的归宿。

这是命运的开始，但不会是命运的终局。

墨汁晕染在深邃的漩涡，悯世之眸仍清澈如初。我将以一个流芳的传奇永垂不朽，永世铭记，经久不衰。我是一个木偶，是一个伟大的木偶。人们皆说我的舞步自由得像一个活人的姿态，而并非一个木偶。古堡，因我而负誉盛名，篱侧的蔷薇被采撷、敛进我的花匣。纵使我从未离开过这狭小一隅，我仍努力展显自身华光溢彩，获得了精神上的自由。

茶蘼盛了又谢，多年以后，提线人病去，我作为岁月打磨出的珍宝沉睡在我的花匣中，听溯夜辰歌，阖眼凝望微光济世。梦中我向北远眺，依旧是多年未曾变过的茫然苦涩，但和我一样许许多多的木偶们会知道，负枷依然可以前行，我们的美好也能够被世界捕捉。众生平等，天下大同。

"谁能奋斗不息，便可救度斯人。"

一支夜曲流河自花匣缝隙畅涌漫出，觅得了时间星轨的通道，亲爱的朋友，请不要缅怀慨叹，待你梦醒时分，皆将是一片虚无，沉默与灰飞烟灭。

2020 年 5 月 8 日，15 岁，于宁波

由24小时书店想到的

城市构建于车水马龙的热闹喧杂,脚步不曾停歇地疲于奔波,若能有机会驻足冥想,总是一份不敢奢求的美好。而这一切,似乎都被定格在24小时书店的夜晚,静谧安详。

书店的建立本就是为了吸引更多阅读爱好者集聚一方,在默默不言中通过书中的思想交换灵魂的沟通。书中有思想,人有思想,有思想的人便会到来,汲品阅读的滋味。这是思想和知识对珍重它的人们的吸引力,是人们对思想和知识的渴求。夜晚的书店的宁静使得思想更加具有深意,深夜中的读者可以领悟到与白日不同的体验。比如若在书店的夜晚读到"黑夜给了我黑色的眼睛,我却用它来寻找光明",凝望书店外的黑色,是不是会比在白天更能寻找到思想共鸣的光明?

而对于忙碌来往的务工人员,书店倒更像是他们思想的栖居地。工作一天后的倦怠,在24小时书店的深夜休息得到释然。不必在意他人的目光看法,只消放空大脑,抑或是回忆白天的纷繁琐事,便可在夜中解放自己,调整状态,重塑人格。书店提供给现代化社会中为自己拼搏的迷途之人一个心灵的支柱,让他们漂泊的思想,有家可归。

流浪人和拾荒者倒是更为特别的群体。他们来书店,并不是为了探索思想或是放松自我,而是对书店中思想和知识气氛的满足。书中自发的墨香,隔绝了街风的腥臭。即便是不看书的人，来到书店，想必也会被书店中人人阅读的和谐净化打动，感受到知识的氛围的魅力所在罢。白天的流浪拾荒者不得不为了生计辛苦于风尘，不被许多世人尊重。书店的夜晚在思想的氛围中为他们搭造了一个可以被接纳的避难所，只要是能在其中或多或少地理解思想和知识的氛围，便有权利在此驻足，这是他们难得的平等，无关社会地位、无关生存状况的自由。

书店作为古今之人的思想载体，它不仅让人感受思想的价值，还让人被思想的氛围感染，更让人被力量感召。不论是什么群体的人，只要他在夜晚踏进书店，就说明书店的价值得到了认可。书店仍在，书店的意义仍在，思想之风仍在，阅读的传统永存。

书店的夜晚，在思想中沐浴，一瞬永恒。

2020年5月11日，15岁，于宁波

/ 后记

心声之美

见 慧

走进核伙沟的最深处,便能看见那美丽的密林幽谷,便能听见一声声杜鹃的啼鸣:"布谷,布谷!"是的,这便是童真,儿童眼中的世界,那么纯,那么静,那么美。

岁月流转,内心逐渐积淀,漫步在时间河畔的我,伸手试图抓住像愁一样细的丝雨。是的,这便是感悟,少年的心啊,迎着风雨,坚定前行,那么清澈,那么柔软,那么明亮。

那一地一树的雪白,悄然无声。只是千里之外的我,还能否有幸聆听你的低语?昨天,故乡下雪了。是的,这便是心声,一个高尚的灵魂,那么真实,那么深沉,那么飞扬。

来不及倾听和感悟她的心声,她已经欢快地跑了,欲瞻之在前,却忽焉在后。

向心而生,心中有真。